―私はこの程度
満足

マウント教室(レッスン)

吉野 憂 画 さばみぞれ

3

佐藤 零[さとう れい]
特に取り柄のないザ・一般人。
Sクラス代表になってしまった。

月並 千里[つきなみ せんり]
大企業・月並グループの社長令嬢で、
マウントに命を掛けている残念美人。

夜桜 環奈[よざくら かんな]
大企業・夜桜グループの社長令嬢。

東雲 翼[しののめ つばさ]
零の仲間で、元読モな少女。

尾古 響一[おこ きょういち]
零の仲間で、現内閣官房長官の息子。

白兎 零世[しろう れいせい]
環奈のお付き。一見クールな性格の少年だが……?

極光 萃果[あけぼの じよぶず]
某IT起業家を敬愛している、Sクラス生徒。

由々式 明[ゆゆしき あきら]
Aクラス代表。特殊なマウンティングの技術を持っている。

愚者は道を行く時、思慮が足りない己の浅はかな考えを全ての人に語る。

——旧訳聖書：伝道の書：第10章：3節より

昼の月に灰色の雲が重なる。梅雨を迎え不気味に染まった東の空を眺めていると、美しいピアノの打音が優しく終わりを迎えた。

「これが……レクイエム……だ！」

音楽担当の熱血教師ジーコは額の汗をハンカチで拭うと、響一（きょういち）の素晴らしい伴奏に涙を浮かべながら拍手した。響一はさっさと鍵盤の蓋を閉めると、ジーコに追随しだすクラスメイトの拍手から逃げるように自席へと戻った。

遠くの空で雷雲が獣の唸（うな）り声のように低く響く。雷が苦手な僕は授業に集中できなかったが、響一の素晴らしい演奏に夢中なのかジーコは窓を閉めることも忘れて続けた。

「レクイエムは『死者のためのミサ』での演奏を目的に書かれた典礼様の楽曲です。レクイエムの特徴は聖書に記される『最後の審判』で『煉獄（れんごく）の描写』と、その『裁き』から死者が救われ、永遠の安息を求める祈りの歌詞が入ることにあります。特にモーツァルトはクリスチャンに限らず共感できることに加え、作品自体の素晴らしさが多くの人を魅了しています」

6月中旬に入り学園は衣替えの移行期間に入った。夏がくるとはいえまだ6月、窓から吹き込む風に肌寒さを感じ、もう少しブレザーを着ていてもよかったと後悔する。

「レクイエムは曲目の中に複数の構成が組まれています。なかでも抜くことができない『入祭唱』の解説を、誰かに読んでもらおうかな……。それじゃあ東雲（しののめ）さん、お願いします」

「…………」

彼女は先生の言葉に反応を示さなかった。

少しずつこちらに迫る曇天の空を不安げに見つめ、低く鳴る雷鳴に瞳を震わせている。

「大丈夫ですよ東雲さん。嵐は時と共に去り、すぐに豊穣の秋が来ます」

「……え?」

「ヴィヴァルディですよ。春は有名ですが、夏はあまり聴く機会がないかもしれませんね」

先生は冗談交じりに窓を閉めた。それでも雷雲は失せず、むしろ近づくばかりで、遠方の落雷が窓を揺らしより一層不安をかきたてる。

「入祭唱の読み上げをお願いします。教科書49ページ」

先生の言葉に東雲さんは慌てて返事をすると、静かに歌詞を読み始めた。

「主よ、永遠の安息を彼らに与え、絶えざる光でお照らしください」

東の空はとうとう雲の切れ目すらなくなっていた。

「神よ、シオンではあなたに賛美が捧げられ、エレサレムでは誓いが果たされます」

いつもはムカつく上弦の月すら見えないくらいに濃い暗雲。

「私の祈りをお聞き届けください。すべての肉体はあなたの元に帰ることでしょう」

光すら通さぬ分厚い黒。

「主よ、永遠の安息を彼らに与え、絶えざる光でお照らしください」

すぐそばで雷が落ちた。悪魔の産声のようだった。

第一章 いうほど辛くなくない？（笑）

1.

「やーだー!!　表参道に行くのー!!」

「あーもーいい加減離れろ！」

とある日曜日。四ツ谷駅前、僕は相変わらず月並(つきなみ)に絡まれており、改札を通れずにいた。

背中に乗った月並が改札に引っかかろうものなら通行人に多大な迷惑を与えてしまうからだ。

「今日は響一(きょういち)と秋葉原に行くって決めてたんだ！　お前とは先週浅草に行ってやっただろ！」

そして東京タワーと東京スカイツリーが高さと古さでマウントを取り合う謎のペアキーホルダーを買った。

「行きたいカフェがカップル限定スイーツを発売するの忘れてたの！　３日間限定で今日がラストなのー！」

「んなもん苹果(じょぶず)と行けばいいだろ！」

「彼はカフェに行くと窓際でパソコン開いて作業しちゃう習性があるの！　だからカップルを偽るのは無理があるの！」

「どんな習性だ！」

「ベンチャー企業勤めとフリーランスはそうなの！　ちなみにしないと死ぬわ」

「マグロみたいな習性だなおい」

僕を崩してもダメだと思ったのか、月並は背中から降りると響一に泣きついた。

「オコタンだって秋葉原より表参道の方が好きでしょ!?　アニメとか美少女とかに興味のないオコタンはブヒ～な秋葉原なんて興味ないもんね！　ね!?」

「あ、いや、それはまあ……」

返事に困るオコタン――こと、尾古響一。それもそのはずで、彼が隠れアニメオタクだと知っているのは僕のみ。政治家の息子で成績優秀、容姿端麗なので世俗的なものには興味がないと勝手に思われているだけで、彼の部屋は僕の部屋以上にアニメグッズで溢れているのだ。

僕が秋葉原に行きたいと言った時も、今までは通販でこそこそ買っていたが実店舗には行ったことがないと、言い出しっぺの僕より張り切っていたのだから。

「興味はなくとも、自分の知らない世界に飛び込むのは大事だからな。せっかく零が誘ってくれたんだ、断るわけにはいかないよ」

もっともな意見だが、彼が隠れオタだと知っている僕からすれば最高にダサい。

「ありがとう響一……いや、オコタン」

「え～……仕方ないわね……」

「まあ、佐藤様に誘われたら仕方ありませんわよね」

「貴様は本当に仕方のない奴だな佐藤零」

「アグリー」

「おいどこから涌いて出た馬鹿ども」

当たり前のように登場したいつものメンバーを呆れて見る。和風の美少女夜桜環奈、スーツの美男子風女子クソウサギ——こと白兎零世、黒のタートルネックを腕まくりしたエンジニア極光苹果。

Aクラスとの優劣比較決闘戦以降、夜桜さんとクソウサギも共に時間を過ごすことが多くなり、わりと大所帯になってきたのだ。

「佐藤様が向かう先ならどこへでも赴きますわ。だって私は月並さんより佐藤様と仲良しですもの」

ピトッと腕にくっついた夜桜さん。

その瞬間、２人の馬鹿もそれぞれ背中と胸元にとびかかってきた。月並が背中でマウントを取り、クソウサギが胸ぐらを掴むのも日常となりつつある。

「佐藤零、貴様ぁ!! 私が知らぬうちに環奈様とどんな仲良しをしたのだ！」

「ちょ、友達止まりで終わったからって仲良しアピール？ ロリは子供に見られるから大変ね～（笑）」

「そもそも私と佐藤様は互いに意識したことなどありませんけど？ 月並さんは相手にされな

いからと佐藤様の周囲の女性に嫉妬しすぎでは？（笑）」

「あーなるほどね、勝ちの目がないと初めから興味ないって言い訳するほうに逃げたのねなるほどね（笑）」

「んーその思考がすでに未練がましいと言いますか、哀れですわね（笑）」

ウザい。うるさい。鬱陶しい。

「響一、東雲さんも呼ぼう。結局いつものメンバーだ」

喧嘩を始めた馬鹿どもを放置し、響一に声をかけた。

「仲間外れはよくないしな。だが彼女たちがいると俺の、例の……」

ハッキリしない物言いの響一。

要はこいつらがいると自分の買い物が満足にできないというわけだ。

「僕の買い物ってことにして代わりに買うからメッセージで送っといて。ありがたいことに、荷物持ちはいくらでもいるから」

月並はゴリラほどの腕力を持つし、少しは役に立ってもらわないと。

「ゴリ……月並、お前のカフェは買い物が済んだら付き合うから、とりあえず静かにしろ」

「ダーリン今なにと呼び間違えた？」

その後僕らは東雲さんをメンバーに加え、オタクの聖地秋葉原へ向かうことになった。

2.

「いや～いい買い物したね」

「これはまた時間がある時に来たいな」

僕は響一と大量の戦利品を手に満足しながらビルを出た。というのも、あまりの品揃えに興奮し女子勢（芋果含む）を置いてきぼりにした結果、結局別行動をすることになったのだ。

「じゃあ女子と合流しようか」

「そうだな」

僕らがいるのは秋葉原駅を電気街方面に出たほぼ正面のビル。対して女子がいるのは同じく電気街方面すぐそばのルナーバックスのようだった。なのですぐに合流できるだろう。

そう思って歩きだすと、目の前に人だかりが見えた。もちろん秋葉原は有名な繁華街なのでイベントや催し物が多くいつも混んでいるが、それとはまた違う、何か異様なものを見るための人だかり。マイクを持って中央にいる人物に皆が注目していた。

「性的搾取をやめなさい！　秋葉原を閉鎖せよ!!」

聞き覚えのある発言、見覚えのあるウルフカット、攻撃的な三白眼。

注目の的になっていたのは我らが権利の星、Ａクラス代表の由々式明さんだった。

「なんだか知らないけどよー！　俺たちの聖地を穢すな！」

「そうだ！　俺の嫁に手を出したらただじゃ済まさないからな！」

頻繁にアキバの店を利用しているのだろう人々が声を上げる。

すると由々式さんはより怒った。

「嫁⁉　貴方たちは私たち女性を性的な目で見るだけでなく、嫁呼ばわりするの⁉」

「嫁を嫁と呼んで何が悪いんだ！」

「『女』は『家』にいるものと偏見を表した日本の悪習！　この漢字は是正すべきよ、忌々しき問題よー‼」

「よ、よくわからんが嫁がダメなら……俺の奥さんの聖地を穢すな！」

「奥さん⁉　女は出しゃばらず奥に引っ込んでろって言うの⁉」

「つ、妻を――」

「妻⁉　簪を右手に当てて跪く女から成り立った漢字の妻⁉　女はお淑やかに遜らなければならないと決めつけた差別の象徴！　これは文明改革よ。日本語の見直しが必要よー‼」

「「「どうしろって言うんだ‼」」」

「そこの貴方(あなた)なに動画撮ってるのよ！　肖像権の侵害！　盗撮、盗撮よー！　今すぐ警察に連れてって裁判を――」

　相変わらず無茶苦茶な理論で他人を翻弄(ほんろう)する由々式(ゆゆしき)さんはスマホで撮影する男性を指さすと、奥にいた僕の姿を捉えた途端、ハッと表情を変えた。

「やべ、見つかった……！」

「あー佐藤零(さとうれい)に尾古響一(おこきょういち)！　さては私を尾(つ)けてきたのね!?　これは犯罪よ、プライバシーの侵害よ！　ストーカーの現行犯で刑務所行きよー!!」

「零、このままじゃ鷺ノ宮(さぎのみや)の生徒が駅前で迷惑行為を働いたと悪評が立ってしまう。ひとまず彼女を人だかりから遠ざけよう」

「そうだね」

　僕は顔を隠しながら近寄り、彼女の腕を引っ張った。

「ちょ、何するのよ……!!　痴漢、痴漢よー!!　おまわりさーん！」

「え、違う違う！　わかったほら離すから騒がないで――」

「男なら一度繋(つな)いだ手を離すなー!!」

「えええええええええええええ!?」

理不尽なラリアットを食らいながらも、響一と2人で彼女を引きずる。

「そこにいるのは外国人観光客ね!?　SNSにアップしなさい！　タグ付けしなさいタグ付け！　これが#自称先進国日本の現状よー!!」

「『うるせえ！（笑）』」

あまりの騒がしさに笑ってしまいながらも、予想外の場所で化け物にエンカウントした僕らは大勢の注目を浴びながらも何とかその場を離れた。

3.

「ふーんなるほど。それで一緒にいたってわけね」

月並が由々式さんを見て言う。陸に打ち上げられたサメくらい盛大に暴れる由々式さんを拘束した後、僕らは予定通り女子たちと合流した。

とはいえお洒落な休日のカフェにサメを連れて入るわけにもいかないので、適当に昼食をとれる店を探しながらダラダラと歩いていた。

「2人が由々式さんと歩いてきた時には驚きましたよ……いつの間に仲良くなったんだろうって……」

「仲良く!?　あれが仲良く見えたのなら東雲翼さん、貴方の目はなかなかの節穴よー！」

「秋葉原にいたのもアニメが好きだからではないんですか……？」

「馬鹿言わないでよ！　むしろ、秋葉原なんて不浄の地、滅びればいいのよ!!」

「ところで由々式様、こちらは不浄の地、秋葉原のゲームセンターで手に入れた男性同士が絡み合うちょっとHなポスターですが、いかがされましょう」

「………（にっこり）」

「こいつMであり腐女子でもあるのかよ！」

「多様性を受け入れなさいよー!!」

由々式さんはクソウサギが取り出したBL同人誌を鞄へとしまうと、ふんと再び不機嫌になった。

「一度ならず二度までも……私の邪魔をしたツケは高くつくわよー!!　佐藤零！　貴方に再戦を申し込む！」

「………どうやって？」

「あー何よその見下した目線は！　人の意見を真面目に受け取らない姿勢は正に今の日本政治の縮図！　これは行政改革が必要よ、議会解散して革命の時よー!!」

話が通じねえや。

「いや再戦も何も、学校の敷地外なんだからバトルのしようがないじゃないか」

昌平橋まで来たが街には人が大勢いる。そんな中で口喧嘩でもしようものなら大迷惑だ。

「できるわよ？　バトル」

「え？　どういうことだ月並」

「知らないのですか佐藤様、天秤時計にはトレーニングモードがあって、学外で気軽に優劣比較決闘戦ができるのですよ？」

「え、知らない」

「どーせ負けるのが怖くて白を切ってるんでしょー!!」

「いや知らない。知りたくもない」

だいたい、外でマウントを取り合うなどいったいどうやって——。

「アグリー。それなら、ここへ向かいましょう」

珍しく静かにしていたと思ったら、苹果はスマホを皆に見せながらそう言った。

「『紫電一閃？』」

ホームページに写っていたのは中華料理店の名前。

激辛料理を提供する中華料理店のようで、一面真っ赤に染まった麻婆豆腐の写真だけで唾液が溢れ、体も熱くなってきた。

「なるほど、マウントにはちょうどいいじゃない」

「え、どうして——」

マウントに中華がいいのだろう。そう言いかけたがすぐ口をつぐんだ。こういう時、素直に疑問を口に出さないほうがいいと僕は学んだ。「えーそんなことも知らないの～（笑）」というマウントはもううんざりだ。

「そうだね。軽く腕試しといこうか」

僕が知ったかぶりで頷くと由々式さんも東雲さんも乗った。

「私に挑んだことを後悔させてやるわよー!!」

「美味しそうでいいですね……！」

「なら決まりね。ここにしましょ！」

「アグリー」

こうして僕らは中華料理店へと向かうことになった。

これが地獄の始まりだとも知らずに。

4.

「いらっしゃいまセ」

店内はお世辞にも綺麗とは言えない年季の入った中華料理店だった。

カウンターしかないテーブルは油でギトギトに黒ずみ、奥から夜桜さん、ウサギ、月並、由々式さん、僕、東雲さん、響一、苹果と詰めて座るともう席はギュウギュウだ。冷房も壊れているのか店内は激暑で、他のお客はいない。

「どれすル？」

席に着くと片言の店員に話しかけられた。

「どれにしよっかな……」

「私、本格的な中華料理を食べるの初めてで迷っちゃいます……」

興奮気味の東雲さん。確かに僕も、普段は母親が市販のタレで作った麻婆(マーボー)豆腐か、せいぜいチェーン店の担々麺や炒飯を食べるのがいいとこだ。壁に貼られたメニューは写真がないが、中国人オーナーが作る料理など美味しいに決まってる。

「ヴォくはこの『紫電一閃(しでんいっせん)』でお願いしまぁす」

「あ、私もそれで」

苹果と月並は迷いもせずに注文をする。店の名前になっているそれはセットメニューのようで、海老炒飯、酸辣湯(スーラータン)、棒々鳥、担々麺、麻婆豆腐、ドリンク飲み放題付きで千円とかいう衝撃価格だ。

「からさどれすル？」

どうやらこの店は全てのメニューで『辛さ』のレベルを選べるようで、1から5まで用意されている。

「どのくらいの辛さなんですの……？」

ワサビが嫌いな夜桜(よざくら)さんは辛さ自体が苦手なのだろう。彼女が恐る恐る尋ねると店員は無言で奥に引っ込み、スプーンに調味料と思しき赤黒い液体をのせて戻ってきた。

食べて試してみろという意味なのだろう、彼は皆にスプーンを渡していった。

「っう……！　これは……！」

「ソレ、1ネ」

香りを嗅いだだけで涙が滲(にじ)む。

ただ見た目のわりに辛さは案外――。

「――――☆&☯⮤#☠☣☢℃※☹♃!?」

辛さはそうでもないなんて思った途端、食道が燃えるように熱くなり全身から汗が噴き出した。

「みんな気をつけてね……これ後からくるタイプだ……」

「そんなに辛いんですか……!?」

「日本のやつとは比べ物にならないよ……」

誇張ではなく人生で一番辛い。あまりの辛さに舌がひりひり痺(しび)れており、食べ物としてギリ成立している具合だ。僕の言葉に東雲(しののめ)さんは不安そうにスプーンの上の調味料を見た。

奥に座る月並(つきなみ)と苹果(じょぶず)も静かにスプーンを舐(な)めようと口元へと運んだ。

「無理はしないでね2人とも」

投げかけた言葉は、今思うと愚かだった。

ここは激辛中華料理店。そして僕らは元々、ただ楽しく美味しくご飯を食べに赴いたのではない。

戦うためにやってきたのだ。

なぜ彼らがここをバトル会場に選んだのか、表情から伝わってきた。

「え？　そんなに辛いかしら？（笑）」

「アグリー。赤ちゃん用の粉ミルクのほうが、まぁだ刺激的でぇす（笑）」

「「「―――――!?」」」

『MOUNTINGBATTLE　DEMOMODE――月並千里(せんり)&極光苹果(あけぼの)ENTRY』

僕が泣きそうになった調味料を、２人は何の抵抗もなく、むしろ余裕といった表情で笑って食べた。


――辛さ耐性マウント!!

肯定的カウンター型の攻撃で、他人の否定した意見をあえて肯定することで「え、自分、もしかして異端？（笑）」と自身の特殊性をアピールする手法だ。誰もが辛い、と拒絶する味をあえて「え？　普通じゃない？（笑）」とすることで、「あれーおかしいな（笑）俺の感覚がおかしいのかなー（笑）」と相手を否定せずにストレスを与えることができる基礎テクニック。

そうだ。ここは戦場だ。

「からくない？　からくない日本人、はじめテ」

「え？　私がおかしいのかしら。これの5倍でちょうどいいくらいかも（笑）」

「うんうんアグリー。ヴォくも、5辛でお願いしまぁす（笑）」

正気かこいつら？　1辛ですら某有名カレーチェーン店の10辛超えてたぞ？

「5からネ。——『一道紫色』(紫電一閃)的闪电、5辣两人份(5辛2人分ね)」

「两个人5辣？(5辛2人分？)　你真的能吃饱吗？(本当に食べられるんだろうな？)　告诉他们如果你留下食物会被罚款(残したら罰金あるって伝えろ)」

ホールのお兄さんが厨房のオーナーに何かを言うと、店主と見られる男性は怪訝(けげん)な顔で何かを言った。すると月並(つきなみ)がすかさず割って入る。

「我明白好吧、你可以吃它。(分かりました。)　我喜欢辛辣的食物（哈哈）(まあ食べ残すわけないですけど（笑）)」

月並の言葉にオーナーはつまらなさそうな顔をすると、黙々と調理を始めた。

BATTLE!!

「白兎さん、千里さんは何と言ったんだ……？」

「店主が食べ残したら罰金と言ったのに対し、食べ残すつもりはないけどわかりました、と仰いましたね」

響一の疑問にクソウサギが答える。なぜこの場に中国語を理解している人間が2人もいるのか疑問だが、今はそれどころではなかった。


「すみませーん店員さん。この子には杏仁豆腐10個でお願いしまーす（笑）」

「おやおや、何を勝手していますの？　ぶち殺しますわよ？」

「えーでも、アンタにはこの程度の辛さでも無理でしょ？（笑）」

「他愛ない。私が苦手なのはワサビの辛さであり、唐辛子の辛さはまた別物なのです。さすがは粗雑な食事ばかりの月並様は、食材の違いすらわからないのですね。――もし、私も紫電一閃、辛さ5でお願いいたします」

「それでしたら私も、環奈様と同じものを」

『MOUNTINGBATTLE　DEMOMODE――夜桜環奈&白兎零世　ENTRY』

「おなじの4ネ？」

夜桜さんにクソウサギまで一番上のレベルを頼み驚く。

すると、右隣に座る由々式さんが甲高い笑い声をあげた。

「あー！　この程度で根を上げるなんてSクラスの代表も取るに足らないわねー!!　こんな軟弱者が学年の代表！　やはり佐藤零は大したことないわー！（笑）」

「は？」

「おい零、挑発に乗るな――」

「僕がいつ根を上げたって？　僕は本当に大丈夫かって聞いただけだろ？　由々式さんはほんと、勝手な意味に解釈するのが得意だね」

「辛くて耐えられないから信じられなかったんでしょー!?」

「違うよ」

『MOUNTINGBATTLE　DEMOMODE――佐藤零&由々式明　ENTRY』

「僕はちょっと味覚ズレてるらしいからね、みんなには辛すぎるかなって心配になって（笑）」

ブチのめす。

馬鹿どもの笑みを見て逃げられるほど、僕のプライドは腐っちゃいない。

前回の優劣比較決闘戦以降、クラスのみんなとも少しずつ打ち解けてきた。

優劣比較の勉強も理解はせずとも暗記できる程度には勉強しているし、代表として努力もしている。練習とはいえ、こんな奴らに負けるわけにはいかない。お試しの1辛も辛いには辛かったが、痛みも辛さも一瞬で美味しいタイプの辛さだったし、なんとか我慢できるだろう。


「あ、私も同じものをお願いします……」

「東雲(しののめ)さん、君まで無理しなくていいんだぞ……?」

「無理なんてしてませんよ……! 少しピリッとしましたけど、美味しかったです……!」

「えーオコタンもしかしてこのくらいでダメだったの～? (笑)」

響一(きょういち)の心配を弱音ととらえたのか月並(つきなみ)は笑う。それに負けじと夜桜(よざくら)さん、ウサギ、由々式(ゆゆしき)さん、苹果(じょぶず)も続いて笑みを見せる。

「常人には少しだけ難しい辛さだったかもしれませんわね (笑)」

「無理は禁物にございます (笑)」

「尾古(おこ)官房長官の子息といえど子供ねー!」

「うんうんアグリー (笑)」

「君たちというやつは……」

煽(あお)る皆に、響一は溜め息を吐(つ)いた。

「店員さん。俺は酸辣湯(スーラータン)と乾焼蝦仁(カンシヤオシヤーレン)、炒飯。全部レベル1でお願いします」

「うんわかっタ。あなたたち、しでんいっせん、ぜんぶ5。のこさないネ?」

「「残しません！」」

＊　☾　＊

「「…………」」

残しません？

誰だ5辛で平気なんて言い始めたやつ。

誰だ残さず食べるとか言ってたやつ!!

食べきれるわけないだろこんなもの!!

料理が運ばれてきた段階……いや、調理中の煙がこちらに漂ってきた段階でわかった。

これは常人で耐えられる軟(やわ)な代物ではないと。

本場中国でも扱われているのであろう豆板醤(トウバンジャン)、麻椒、唐辛子など数十種類の香辛料が投げ込まれるたびにピリつく空気。オーナーが大鍋を振るうたびに辛みが瞳を劈(つんざ)き、涙を誘う。石鍋で運ばれてきた麻婆(マーボー)豆腐はマグマのように赤く、熱さでグツグツと泡を発している。それら一つ一つが弾けるごとに辛みが鼻腔を潜(くぐ)り激痛が走った。

「……本当に大丈夫なのか？」

「だ、大丈夫って何が？（笑）」

「ま、まあオコタンには少し辛いかもね（笑）」

「に、苦手な人にとっては不安になるものなのですね（笑）」

「む、むしろ思ってたより普通の見た目で求めていたものか不安ですらありますゆえ（笑）」

「こ、これで期待に応えられなかったら詐欺罪で訴えるわよー！（笑）」

「う、うんうんアグリー（笑）」

僕に続いた馬鹿どもに、響一は溜め息を吐いた。

「ならいいんだがな……」

ここまできて後悔してるなどと言えるわけもなく僕は何とか誤魔化す。

正直言って後悔以外の何物でもないが、ありがたいことに響一はトレーニングモードに参加していないのでダメージは入らず、心の内を見透かされることはなかった。

しかし、みんなは本当に平気なのだろうか。

匂いだけで涙が出そうなくらい辛いのに、みんな自信満々の笑みを浮かべている。

「じゃあ、いただきます」

「「……いただきます……」」

響一に合わせてみな手を合わせる。

しかし料理を口に運んだのは響一だけで、みなどの程度のものか観察している。

「……っごほっ……!!　これが本物の味か……！　美味しいけど、まだ俺には辛いな……！」

「ぼくたちのクニ、これで、あまめ」

「本当ですか……！　あ、でも、辛いけど凄（すご）く美味しいです」

「よかっタ。ボス、かれ、おいしい言ってる」

「……謝々（どうも）」

「……なあ、みんなは食べないのか？」

「「「は!?　食べますけど!?」」」

「みんなして怒るなよ……」

「本物の中華料理食べられるなんてそうないからね！　写真をＳＮＳにアップしないと……」

月並（つきなみ）の言い訳に各々が続く。

「世界には貧しくて食べ物にありつけない子供たちもいるのよー!?　食べられることに感謝してからじゃないと食べられないでしょーよー!!」

「食前の珈琲（コーヒー）がまだでき上がっていませんからね。中華には珈琲が合いまぁす」

「主より前に食すなど従者として失格ですゆえ。環奈（かんな）様が召し上がったのち、いただきます」

「なあ!?」

本音か欺瞞（ぎまん）か、クソウサギに先に食すよう促され夜桜（よざくら）さんは声を上げた。

みなが彼女に目線を送る。

夜桜（よざくら）さんは口をパクパクさせていたが、いい案が思いつかなかったのか、ふん！　と鼻を鳴らした。

「さて、世界各国の美食、珍味を食べつくした私（わたくし）の舌を楽しませることができるのか……期待はしておりませんが、いただくとしましょう」

夜桜さんの瞳はなぜか潤いキラキラ輝いていた。

「それでは、海老炒飯からいただきましょうか」

料理の中で最も標準的な見た目の海老炒飯に、彼女は蓮華（れんげ）を通した。

……とはいっても、海老にはしっかりチリソースがついているが。

「はむ……。……？　おや？　やはり期待していたよりも辛みが足りな（　）」

ごぱぁ――――！

はしたなくご飯粒を吐き出した夜桜さんはボディーブローを貰（もら）ったボクサーのように席から吹き飛び地面に横たわる。夜桜家のご息女としての品格は微塵（みじん）も感じられなかった。

「環奈（かんな）様ぁ!!　……し、死んでる……!?」

「あれぇ～どうしたの夜桜環奈（笑）」

「やはり、夜桜さぁんには辛すぎたようですね（笑）」

「食べられないものを頼むなんてフードロスの促進よ、残さず食べなさいよー！（笑）」

「いや死んでないし、介抱してやろうとする人は俺以外いないのかい？」

「だ、大丈夫ですか夜桜さん……!!」

　響一のツッコミに誰も反応せず、東雲さんが夜桜さんの元へ駆けつける。

　彼女は痛みで一時的に意識を失っただけで、なんとか一命はとりとめたようだ。

「おのれ本格中華料理……！　よくも私の環奈様を……！」

「いや、彼女は自分でそれを頼んだんだぞ」

　ウサギは締めていたネクタイを外し投げ捨てる。どうやら挑む心構えができたようだ。

「止めないでくださいませ響一様……不肖、白兎零世、環奈様の仇を取らせていただきます！」

「止めてないが」

「環奈様の仇！　私が残さず食してやる！」

　とか言いつつ、辛さの確認ができた海老炒飯はスルーし比較的マシそうな酸辣湯を選んだ。

「どれ……。うむ、素晴らしい……！　神々しい黄金のとろふわ卵がしゃきしゃきの筍と絡みあい、酢の程よい酸味が四川特有の辛さを見事に打ち消して絶妙なバランスを取っていない!!」

ごぱぁ――!!

辛さに喉をやられたウサギの吐瀉物は宙を舞い、窓から差し込む日差しにキラキラと輝いた。その景色はこの世で最も汚いダイヤモンドダストのようだった。

「ちょ、白ウサギちゃんったらこの程度で辛いって感じるの～？（笑）」

「凡人にはせいぜいカップの担々麺がお似合いでぇす（笑）」

「食べ物を粗末にするんじゃないわよ！　命に感謝して食べなさいよー！（笑）」

「いやだから、介抱しようとする人はこの場にいないのかい？」

「大丈夫ですか零世さん……！」

響一は夜桜さんの介抱を東雲さんに任せてウサギの生存確認へと移る。同時に苹果が笑った。

「トゥーバッド。この程度で根を上げるなど、非常にアンフェイボラブルでぇす。辛党で知られるこのヴォくが、お手並み拝見といきましょうか」

苹果はそう言うと持ち込んだお手製のブラック珈琲を一気飲みした。それも彼が飲むのはソロでもドッピオでもない。ソロの3倍濃いチィリオだ。辛みを分解するといわれるポリフェノールをふんだんに含む珈琲を事前に飲むことで口内にバリアを張り、少しでも痛みを和らげようという算段か。

「いただきまぁす。うんうんアグリー、これはなかなかいけますね」

「「「――――!!」」」

〈月並千里に４２００、佐藤零に８４００、由々式明に６５３０のダメージ！〉

余裕の表情で肩を上げた苹果。ついに突破者が現れた！

「へ、へえ苹果も結構イケる口なんだね……！」

「ま、まあこのくらいならそりゃ余裕よね……！」

「他のも食べなさいよ！　出来立てを食べないと料理してくれた人に申し訳ないでしょー！」

特大ブーメランをかます由々式さんにツッコミたかったがあえて我慢した。苹果が食べたのは比較的辛くなさそうな棒々鳥。炒飯と酸辣湯は既に激辛だと夜桜さんたちの様子から窺えるから、残りの明らかに辛い麻婆豆腐と担々麺の実験台になってほしい。

さあ、由々式さんの言う通り、他のメニューも食べるんだ！

「………」

反応しない苹果。

「あーこの人無視してるわ！　私がＡクラスだからって馬鹿にして！　これは差別よ、弱者を蔑ろにするさまは日本の政治の――」

ガタン！　由々式さんの癇癪にされるがまま、苹果は椅子から崩れ落ちる。

彼は余裕の笑みを浮かべたまま、気を失っていた。


「苹果ー!!」

床に倒れ落ちた苹果を響一は抱きかかえた。

これで3人。尊い命が失われた。

つーか、確実に辛いもの食べてから珈琲飲むべきだっただろ。


「もー苹果ったら辛いの苦手なら最初っから言えばいいのにー（笑）」

「本音で話さないなんて最低よ！　意見を言わないから日本は衰退していくのよー！（笑）」

「君たちは本当に楽しそうだな……」

響一のツッコミはもっともだが、これは楽しいランチタイムではない。

その場で一番強い地位の人間を決める決闘、マウントタイムだ。

死んでいった3人は元々雑魚同然。

問題は残りの2人を蹴散らさなければならないことだ。

「ていうか、ダーリンは食べないの？　もしかして本当は辛いの苦手でビビってるとか？（笑）」

〈佐藤零に1520のダメージ！〉

マウンティング女王の攻撃。

自分は食べず、いよいよ僕らを殺しにかかってきたようだ。

「いや今日暑かったし、中華食べたら汗かきそうだからまずは何か飲みたいなって思って」

「みず？　からくなくなる、とくせい、こなまぜるカ？」

「あ、いや、水じゃなくてせっかくだからセットの飲み放題で、オレンジジュースいいですか？」

これは別に早食い選手権じゃない。優劣比較決闘戦だ。

月並と同じく、自分が食べずとも相手を殺せば結果的に残った僕が勝者となる。

まずは時間稼ぎだ！


「せるふさーびすネ」

「ドリンクバーはどこにあるんですか？」

「席立っテ、右に曲がっテ」

じゃあね2人とも。僕はドリンクバーで時間を潰すから、2人はそこで醜く潰し合ってな。

「ドア開けテ、正面アル」

「分かりました。ありがとうございま――」

「サイゼリアの、レジの、横にあるヨ」

「それサイゼリアのドリンクバーじゃねえか！」

くそ退路が断たれた……！

ドリンクバーで元取る主婦の如く、10杯くらいお代わりした頃に戻ろうと思ったのに。

「……やっぱり、食べたくないネ……？」

「え……」

どうやって逃げおおせようか考えていると、店員さんが静かにポツリとこぼした。

「ボス、頑張ってル。本物の中華、日本広めル。でもダメ、みんな残しテ、嫌な顔して帰ル」

店員さんの表情は心底悲しそうだった。厨房で作業をするオーナーは黙々と仕込みをしていて、他の店員さんも必死に皿洗いやら何やら忙しなくしている。異国の地日本まで来て、本物の中国の味を知ってもらうために頑張っているのだ。察するに日本語を話せるのはウェイターのお兄さん一人のようだし、そんな彼ですらカタコトの日本語。不安でたまらないだろう。店を有名にするどころか、経営だって危ういくらいにサービスしたコースを出してくれているのに、僕らはまだ一口も食べていない。パラパラだった炒飯は乾燥しまるで冷凍食品のようになり、担々麺も汁を吸った麺がブヨブヨになり始めている。

……最低だ。

食べ物をバトルのために利用し、彼らの情熱を蔑ろにしたんだ。

「やっぱり、難しいネ……」

「あ、あの、そうじゃないんです……！　決して美味しくなさそうとかじゃなくて……」

肩を揺らす店員さんの言葉を僕は必死に否定した。

「日本に来た、間違ってタ……」

「間違ってなんかないわ……！　こんなに美味しそうじゃない……！」

「でもダッテ……ダッテ……！」

「そうよー！　男なら一度見た夢を簡単に諦めるんじゃないわよー!!」

月並も由々式さんもフォローする。しかし、振り返った店員さんの表情を見て僕は絶望した。

彼は泣いて肩を揺らしていたのではない。

「――ダッテ日本の人、この程度で、辛い言う（笑）」

笑って……僕らを嘲笑って肩を揺らしていたのだ。

「「「…………」」」

　僕らは悔いた。

　食べ物を己のために利用したこと？

「僕らの国じゃ、これでも甘口ネ（笑）」

　人の志を踏みにじったこと？

「これなら食べられると思った。でも、だめだっタ（笑）」

　そんなチンケな問題じゃない。

　店員さんたちは卑しく笑った。

「お子ちゃまなキミたちには、少し辛すぎたかもネ（笑）」

「「「――――!!」」」


　心に刻め！


「「「この程度で辛い？　笑わせるな……!!」」」

　絶対比較主義者（マウンティスト）として誰に対しても、常にマウントを取る精神を忘れるなと!!

「お、おい平気なのかみんな……！」

響一の制止も聞かぬまま、僕らは担々麺を一気に食した。

「平気って何が？（笑）」

「この程度で5辛なんて笑わせるわね（笑）」

「全く痺れないわー！　誇大広告で通報するわよー!!」

「ほう、やるネ……。でも地獄はこれからヨ」

「「「――――!!」」」

胃の中を蜈蚣が這いずるように、スープの溶岩が暴れだす。

まるで本当に蜈蚣を呑み込んで、粘膜を肉ごと噛み千切られているような激痛だった。

「紫電一閃。その名の如く、稲妻が走るように鋭い辛さが特徴の料理を集めた店の看板メニューネ。40種類以上の香辛料を混ぜ、夏は発汗を促進させて涼しく、冬は体温を上げて温かく、早く、長く、辛みと痛みが続くのが究極の四川フルコースね。日本の化学調味料で作った瞬間的な辛さとは訳がちがうヨ。さあ、ジワジワと込み上げる辛みと痛みにどれだけ耐えられるのか見ものネ……」

「僕は……余裕だ!!」

「この程度……何とも……ないわ……!」

「訴える……異物混入で訴えるわよー……!!」

僕らは全員焼けるような辛さに声を出すのも精いっぱいだった。

初めは強がっていたものの、洒落にならない辛み。

このままでは胃に穴が開いてしまいそうだ。

「はははやっぱりネ！　この店に来る辛さ自慢はみんなその程度！　威勢だけはよくて罰金払うのが落ちヨ！」

虚勢すら張れない僕らの様子を見て店員たちは笑った。

「お笑いぐさネ。日本の辛さ自慢は全部おままごと。僕たちの国からすればこの程度――」

「ホントだ……！　少し遅れてくる辛さがたまりませんね……！」

割って入った声に月並と由々式さんは驚いてそちらを向く。僕も残った力を振り絞り声の主を探す。東雲さんだった。

言葉を遮られたウェイターも怪訝な顔をして東雲さんを見た。

「まだ言うかネ。いくら強がっても、時間が経てばすぐに地獄を見るヨ」

「えっ……そんなに凄いんですね……ちょっと怖いです……」

東雲さんは言葉とは裏腹に、担々麺、海老炒飯、酸辣湯と汗一つかかず順調に食べ進めていく。

「辛いけど凄く美味しいです……！」

「本当に辛くないのカ……!?」

「いえ辛いですよ……？　後からピリッと来ます……！」

「ピリッと……？」

美味しそうに箸を進める東雲さんの回答にウェイターは呆気にとられた。

当然。ピリッとなんて可愛い擬音を使うような料理じゃないのは明白だ。

僕らが信じられないものを見る目で彼女を見つめていると、東雲さんは可愛く首を傾げた。

「みなさんはもうお腹いっぱいですか……？」

「「「――――!?」」」

僕らはすかさず箸を持った。

実は担々麺以外ピリ辛なのではないかという疑問が生まれたのだ。

はたまた、絶対比較主義者(マウンテイスト)としての本能なのかもしれない。

どちらにせよ、僕らはもう一度、それぞれ別の料理に箸(はし)を伸ばす。そして口に運んだ。

「「「――――※凸☢#☆○@☣＊$☠!?!?!?」」」

あああああああああからいいいいいいいいいいい!

辛いってか、痛い!! 間違って蜂でも飲み込んだのかと思ったわ!

「どうしたんですかみなさん、そんなに泣きそうな顔をして……」

〈佐藤零(さとうれい)に5011、月並千里(つきなみせんり)に10490、由々式明(ゆゆしきあきら)に13018のダメージ〉

灼熱(しやくねつ)の熱波の中、1人汗もかかず余裕の表情で東雲(しののめ)さんは僕らを見下ろした。

「你还好吗(無理するな)」

店員さんはポケットから白い粉を出すと、水に混ぜて僕の前に差し出した。

「你应该喝这个(これでも飲んでな)」

「这就是为什么我告诉你停止(だからやめとけって言ったんだ)」

オーナーは不機嫌そうに中華包丁を叩(たた)き下ろすと東雲さんを睨(にら)んだ。

「女孩很好。你喜欢辣吗?(やるじゃんアナタ。辛いの好きなのか?)」

「え？　あ、あはは……」

「貴方やるね。他の雑魚どもとは格が違うヨ」

「雑魚……？」

意図的か本当に無意識か、彼女は僕らがマウントを取り合っていることに気がついていないような表情を見せた。

「他のお客様は水でも飲んでな。辛みを中和する特製の粉を入れたよ。銀髪のお嬢さん、貴方には特別サービスの料理を提供すると、オーナーが言ってるヨ」

「え、どうして……本当にいいんですか……？」

「……あくまで余裕だと言うのネ……」

厨房にバチバチと油の弾ける音が響く。

鍋が振られるたび轟々と立ち上る火柱はオーナーのプライドが感じられた。

「吃」

乱雑に運ばれた料理に東雲さんは肩を震わせ、オーナーを不安の眼差しで見つめた。

彼は東雲さんを見下ろしたまま微動だにしない。食べろということなのだろう。

「――――」

運ばれてきたのはいかにも激辛といわんばかりの火鍋。東雲さんはそれを恐る恐る口へと運んだ。ピンクの唇を罪深い赤が染める。彼女はそれを舌で舐めとり、ゆっくりと咀嚼した。

「んっ……！」

「「「──にゃ……」」」

えずいた東雲さんを見て店員たちは勝利の笑みを浮かべた。

だが次の瞬間、東雲さんは照れくさそうに笑った。

「これはかなり辛いですね……！」

「「「这是一个谎言!?」」」

５人全員が声を揃えて驚く。

「かなり辛い……!?　そんな感想で済む代物じゃないヨ！　これは殺人火鍋！　唐辛子ペーストを１キロの牛脂に練り込み１００キロの生唐辛子と老鷹茶、そして世界一辛いと言われるデスソース１本をまるまる入れた料理！」

「デスソースってもう中華関係ないじゃないか！」

「まさかオーナー、入れ間違えたのでハ……!?」

オーナーは誰よりも先に東雲さんの皿を奪うと、蓮華でスープを口へと運んだ。

「──!!」

ボッ!!　ケツから火を噴いて倒れた。

「「厨師ー!!」」

「えええオーナーさんはお尻から火を噴けるんですか……!?」

「そんなわけないだロ！　辛すぎて火を噴いたのヨ！」

「え？　辛すぎて……？　そんなに辛いかな……」

東雲さんは不思議そうな顔をすると、もう一度料理を口にすくい入れた。だが辛さに納得がいかなかったのか眉間に皺を寄せて唸ると、暫くして苦笑いした。

「中華料理って、意外とそんなに辛くないいんですね……！」

「「――――!!」」

彼女の言葉に店員たちはいっせいに蓮華を手に取った。

「当然だロ!?　他の国の人には辛くとも、我らからすれば辛くも何ともモ――」

ボッ!!

彼らは一斉に料理を口に運び咀嚼すると、少しの間をあけてケツから火を噴いて倒れた。

「えええ……!?　苦手なら無理しちゃダメですよ……！」

東雲さんがウェイターを抱き起こすと、彼は血を吐きながら言った。

「はっ……苦手……？　僕らの故郷じゃまだまだ甘口ネ。でも……」

「でも……？」

「食ったら眠くなっただけ、ヨ……」

「お、おやすみなさい……？」

彼らは目覚めるかわからない眠りについた。

「……」

僕は唖然(あぜん)とした。どうするんだよこれ。

激辛料理を食して倒れた店員と客、計８人。このまま置いて帰ったら完全に事件だ。

「ふふ……強いのは威勢だけだったわね……」

「中国人は辛いのが得意で日本人は辛いのが苦手なんて恐ろしき偏見！　私はこの程度で満足できるほど甘くはないわよー!!」

「――――!?」

そう思っていると再び箸(はし)を進めだす月並(つきなみ)と由々式(ゆゆしき)さん。

言葉とは裏腹に月並は息をするので精一杯、由々式さんは汗で全身ぐちょぐちょだ。

「おいやめろよ２人とも！　死ぬ気か!?」

僕は2人を止める。

「死ぬって何が……？　この料理に毒でも入ってるって言うの……？」

「日本人以外が作った料理にケチつけるなんて最低よ！　外国人への偏見をなくす社会の形成が必要よー!!」

それでも無理に口へと推し進める2人。

唖然とした表情で見ていると、東雲（しののめ）さんが僕を心配した眼差しで見つめてきた。

「佐藤（さとう）君……本当は辛いの苦手なんじゃないですか……？　全然食べてませんけど……」

「………！」

正直言って怖い。

日本で普通に生きていれば巡り合うことのない異常な辛さ。

こんなもの、それも5品も平らげれば僕の胃液が200リットルあろうと胃が爛（ただ）れてしまう。

だがそれでも残すわけにはいかない。手を震わせながらも勇敢に食べ進める2人。

絶対比較主義者（マウンティスト）として譲らない2人の戦士の雄姿を見て、不覚にも僕は格好いいと感じてしまっていたからだ。どれだけ劣勢だろうと余裕の笑みを浮かべる、彼女たちの確固たる振る舞いには、また僕も1人の絶対比較主義者たらんと、逃げようとした己自身を恥じる心と、憧憬（しょうけい）の心が生まれていた。

「苦手……？　苦手なわけないよ。でも……」

「でも……？」

僕は料理を一気にかき込む。

何とか2人と同時に食べ終えることができた。食すのに時間をかけた2人はもう話すこともできず限界のようだった。順々に倒れていった由々式さんと月並の信念に敬意を表して、僕も少し休むとしよう。体の力が抜けると同時に、視界が逆転し仲間たちの屍が見えた。

「食べたら眠くなったから、寝るね……」

「お、おやすみなさい……？」

『MOUNTINGBATTLE　DEMOMODE――WINNER　なし』

「……皆さん、お店の床で寝られるなんてすごいですね……」

「ああ、俺にはついていけないよ……」

僕らはその後、謎の胃痛で3日間学校を休んだ。

第二章 なんかそういうデータあるんですか(笑)

1.

3日後。

「うわああああああああああああああ!!」

突然聞こえた悲鳴に寝込んでいた僕は飛び起きた。

夜11時前、草木も目覚めぬ未明の刻に、遠慮ない雨音がその声をかき消していった。

悪夢に魘(うな)され目覚めたのかと思ったが、声は間違いなく隣人のものだった。

ベッドから静かに起き上がり、耳を澄ます。蟲(むし)の羽音のように低く唸(うな)る冷蔵庫のコンプレッサー、無機質に脈を打ち続ける時計の針。悲鳴は二度は聞こえなかったが、余計気色悪さを増長させた。密度高く降る雨の音がワザとらしく激しさを増した気がしたからだ。

この時期は嫌いだ。小学校に上がったばかりの幼い頃、母親から離れることにやっと慣れた僕はその日、一寸先も見えぬ豪雨に襲われた。集団下校はいい加減な6年生の班長によって早々に解散され、1人で帰り道を歩いていた矢先の突発的な嵐だった。

学校から自宅までの距離は1キロもない。だがあの頃の僕からすれば永遠にも思える長さだった。轟々と鳴る風が苗木を叩き割り、雷鳴が日常の音をかき消す。僕はわんわん泣きながら歩いたが、涙は瞬時に雨と消えた。黒い土砂が排水溝へと吸い込まれていく。車に轢かれて肉細工となった蛇の瞳は『お前もこうなるんだ』と呪うように深く真っ黒だったのだ。

とはいえあれ以来、僕も空の機嫌も大きく変化した。

僕は恐れていても雷雨に泣くことはしなくなったし、温暖化の影響かゲリラ豪雨や季節を忘れた天候が頻発している。

秋葉原へ向かい地獄の激辛料理を食した3日前までは世界を燃やす勢いで熱波が迫ってきていたというのに、雨と共にきた逆戻りの寒さに体は鈍化し、ジメジメ、ベトベト、心まで黴が生えてしまいそうだ。地球温暖化クソくらえ。由々式さんが環境保護に躍起になるのも理解できるというもので、空気は骨まで湿気るくらいに粘こく澱み、眠りが浅く困ってしまう。

「……あれ」

――――が、気がつけばもう8時20分。いつの間にか二度寝していたようだ。

「――――ん……？」

なぜアラームなしで起きることができたのかと思っていたら、頭上でスマホが揺れていることに気がついた。

「……もしもし」

「おーっす。今日はどうすんの、お前」

相手は担任の氷室(ひむろ)先生だった。というのも、激辛中国料理を食してもう3日間も授業を休んでいるので、あちらから確認の連絡をくれたようだった。

「あー……今日もちょっと無理そうです……」

「おげ。いい加減病院行けよ」

「あー……だいぶ良くなって明日には登校できると思うんで大丈夫です」

無理して激辛料理を食して胃痛になったなど問診票に書けるわけがない。

「そうか？　まあ確かに、他の奴らも今日から来れるらしいからな。お前もこれ以上休んだらサボり判定するからな」

「はーい」

電話を終え、僕はもう一度毛布にくるまった。正直に言えばもうそこまで調子は悪くないのだが、念には念を入れて。ついでに言うと雨で部屋を出る気にもならないので休むことにした。つまるところ、先生の言う通りずる休みだ。まあ、誰しもそんな時くらいあるだろう。そろそろ2回目の優劣比較決闘戦(マウンティングバトル)も始まるし、明日から頑張ればいいや。

そんな腑抜（ふぬ）けた考えに罰を与えるように、事件は突然起こった。

次の日。

「おはようダーリン！」

「うん、おはよう」

教室のドアを開けると白金髪（プラチナブロンド）の美少女が真っ先に寄ってくる。未だ僕の彼女を自称している残念マウント美少女、月並千里（つきなみせんり）は僕の腕に抱きつくと、不快感ＭＡＸの笑みで教室の奥を見た。

「ねえ聞いてよダーリン。夜桜環奈（よざくらかんな）ったら自分のほうがダーリンとお似合いとか言うのよ？　ロリっ子が烏滸（おこ）がましくない？（笑）」

何事かと思い視線を追うと和風の美少女が悔しそうに目を細めながら、ずんずんとこちらへ歩み寄り月並の腕を掴（つか）んだ。

「あらあらあら、老け顔の月並さんよりは恵まれていますわ。年を取ってから童顔を羨（うらや）んでも遅いのですよ？」

旧財閥令嬢の一人、夜桜環奈さんはお淑（しと）やかながらも凄（すご）む目線で月並を睨（にら）む。

「仮にアンタが童顔だろうと中身がダメだからモテないわよ。ね！　ダーリン」

「中身がダメ？　急に自己紹介してどうした月並」

「うえ!?」

なんてことはない。

マウントが全てを支配する学園で、獅子と猫が仲良くじゃれているだけだった。

「はん！　所詮貴方は布切れのように捨てられた過去の女。未練たらしく佐藤様に近寄って、お恥ずかしいことこの上ありませんことね。ね、佐藤様？」

「夜桜さんは夜桜さんで近すぎるから」

前回の優劣比較決闘戦以降、夜桜さんと僕との距離もグンと縮まった。

たまに2人で猫カフェへと赴くようになっていたし、彼女といる時間はストレスがなく素でいられるから気が楽だった。だが、いかんせん距離が近い。まともに話せる女友だちが初めてできたから慣れていないだけで世の男女にとっては普通なのかもしれないが、僕はこれだけ擦り寄られると恥ずかしい。衣替えで夏服になり、肌の露出も増えて余計にだ。

「おい佐藤零貴様！　環奈様に触れるなと何度言えばわかる！」

「夜桜さんちょっとごめんね」

「ちょ、佐藤様――」

「夜桜さんガード」

「あん♡」

「ちょ……離しなさい零世！」

「はあ……生まれたての子猫のように甘くまろやかな香りがします……」

「佐藤（さとう）様!?　酷（ひど）いですわ佐藤様！」

中性的な顔立ちでこちらを睨（にら）むウサギ……もとい白兎零世（しろうれいせい）に夜桜（よざくら）さんを押し付け僕は席へと向かう。

「おはよう佐藤」

「おはようございます代表」

「体調は大丈夫なの？」

「おはようみんな。うん一応。まだお腹の中変な感じだけどね」

みんなの挨拶（あいさつ）に答えながら席に着く。春の終わりに行った前回の優劣比較決闘戦（マウンティングバトル）を終えて以来、クラスメイトの態度も少しずつ友好的に変わっていた。というのも、非協力的なみなの嫌がらせを受けながらも、団結力の高かったAクラスをほぼ一人で打倒できたからだ。

何が気に入らないのか辻本炎華（つじもとほのか）さんとその取り巻きたちは未だに僕を、僕の友人たちを露骨に避けているが、直接的な嫌がらせなどは受けていないので問題はなかった。もちろん、いい気持ちでないのは変わりないが。

「そういえばダーリン、貴方（あなた）は昨日の悲鳴って聞いたの？」

「え？」

そういえば何かあったような、なかったような。必死に思い出そうとしていると、斜め前の席に座る響一が呆れたように笑いながら振り返った。

「零の隣の部屋らしいが、やっぱり熟睡していたか」

「僕の隣の部屋……ああ！　確かにあった！」

夢と混じってしまった記憶が浮かぶ。あれは隣人の悲鳴だったのだ。

「夜中の2時前後かな……急に悲鳴が聞こえてさ、何事かと起き上がったんだけどいつの間にか二度寝してて。……今思い出したんだけど、夢の中で綺麗な月並に出会ったんだ」

「え、なになにダーリン愛の告白!?　遂に私の可愛さに気がついちゃった？」

「現実って非情だよな……」

「ねえそれどういう意味よ」

騒いでジャレるのに飽きたのか、その動作をする自分が可愛いと勘違いしているのか、「ねえねえ」と呟きながら永遠にホッペを突っついてくる。最近僕は一つ気がついたことがある。月並は大抵の場合本気で怒っているのではない。極度のかまってちゃんで、大きな声で気を引こうとしているだけなのだ。故に真面目に返事をしなくとも、適当に手で払ってやれば問題ない。犬と一緒だ。

「で、神木君に何かあったの？」

隣の部屋はAクラス神木春馬君。多くの国民的人気俳優を輩出する芸能事務所ＳＢＭ社に所属し、ドラマにバラエティ、声優業に歌い手と幅広い分野で活躍する芸能界の次世代アイドルだ。

「ああそれが、部屋の中で血を吐いて倒れていたらしい」

「え!?」

「悲鳴を不審に思った同じ階の人間が管理人を呼んだって聞いてたから、てっきりその中に零(れい)もいたのかと思ってたよ」

「そんなことになってたんだ……」

芸能界の期待の星が倒れたとなれば朝刊の一面を飾るのは間違いなし。

だがそんなことを抜きにしても心配だ。彼はAクラスにもかかわらずすれ違うたび爽(さわ)やかな笑顔で会釈してくれるから、個人的に好きだったのだ。彼のドラマも歌も知らないが。

「結局神木(かみき)君は大丈夫だったの？」

「そこまでは俺もわからない。都内の医療施設に運ばれたみたいだがな」

「無理な芸能活動でストレスでも溜まって、胃に穴でも空いたのかしらね」

「仮にストレスだとしたら芸能活動じゃなく、優劣比較決闘戦(マウンテイングバトル)のせいだろうけどね」

そこまで話すと氷室(ひむろ)先生が教室のドアを無造作に開けてやってきた。

「あい、またシンドイ一日。だが同時に、これはシンドイ学生生活が一日縮まった意味でもある。今日は木曜日だ。土曜日の前の金曜は実質休みみたいなもんだし、金曜日の前の木曜日も実質休みみたいなもんだよな。何事もポジティブにいくぞクソが」

「先生、本音漏れてますよ！」

西垣（にしがき）君の言葉にみながどっと笑う。本当に、入学当初の悪い雰囲気からよくここまで変わってくれたものだ。しなびたキャベツみたいにやる気のない氷室先生の態度も、ピリッとしたSクラスをいい感じに調和してくれている。

みな何も言われずとも席に戻り、全ての座席が埋まった。


――と思いきや、一つだけ空席があった。


「えー……今日も東雲（しののめ）は体調不良で欠席するとの連絡が入った。Aクラスの神木も倒れたらしいし、お前らも体調を崩さないように気をつけるように」

先生の言う通り、季節の変わり目は体調を崩しやすい。僕も最近は謎の片頭痛が起こる。

ぽかんと空いた東雲さんの席を見る。他のクラスメイトたちも同様に、「えー」と声を上げながら彼女を心配しているようだった。引っ込み思案で僕と同じくスカウトで入学した東雲さんは、以前こそSクラスの輪に入れずにいたものの、優劣比較決闘戦を勝利で終えて僕が他の生徒とも話すようになって以来、彼女はクラスの超人気者になっていた。

男子からは可愛（かわい）い天使、

女子からも優しい天使と、性格のよい彼女は元々ひっそりと支持を得ていたのだ。

「ねーねーみんな！　放課後、翼の部屋にお見舞いに行かない？」

月並が珍しく良い提案をする。と思いきや、彼女は「あーでも」と続けた。

「みんなは私ほど翼と仲良くないから行かないほうがいっか（笑）」

「「「っち……！」」」

舌打ちの嵐が巻き起こる。一躍愛されキャラになった東雲さんとは対照的に、性格が根腐れしている月並は、いないと困るがいても困る、税金みたいな厄介キャラに位置づけられていた。

「確かにこの前遊んだ時から調子悪そうだな～とは思ってたのよねー。翼ってほらアレルギー多いじゃない？　あ、みんなはまだそんなに仲良くないから知らないかもだけど、多いのね（笑）。で、あの子臆病だから気になる人気のカフェとか入れなくて毎回私を誘うんだけど（笑）、昨日は楽しみにしてたはずなのにあんまり嬉しそうじゃなかったの。嫌いなものでもないしアレルギーでもないのに。ところで何で毎回私ばかり誘うのかしら。遊びに誘う人たくさんいるんだから、私じゃなくてみんなとも行けばいいのにね（笑）」

「具合悪いの察してたのに連れまわすなんてやっぱり最低ですね月並さん」

「月並がいたらそりゃ飯も不味くなるわ」

「人気店でも月並がいたら客が逃げて席が空くから連れてくんだろ」

酷い言われようだ。

「おー静かにしろガキども。月並が不快なのは今に始まった話じゃないだろ」

「『千理あるな……』」

「ねえ何その造語。千里ちゃん可愛い♡　って意味よね？　ね？」

一理あるな、の千倍納得の意。

月並がウザいと誰かが発した時に使う言葉で、奴だけが意味を知らずにいる。

「まーとにかく体調に気をつけろってこった。また本日、第2回優劣比較決闘戦のルールが開示されるわけだが、事前情報として――」

先生の説明によると今回のバトルはペア戦。個人、団体の流れで、クラスの好きな人間とペアを組んでいいとのことだった。そして1限目の比較学を本日はなくし、学内のポータルサイトに詳しい情報開示がなされるためその確認の時間にすると伝えられた。氷室先生も詳しい事情を知らされていないらしいが、これから緊急で教員会議が行われるとのことだ。

「てなわけで明日の比較学までに全員ルールを把握しておけ。あい、じゃー今日の朝礼はこれで終了お疲れちゃん」

こうしていつも通りＨＲは終了した。


「翼ったら寝てるのかしら」

昼休みの教室内。月並がつまらなさそうにスマホを見て呟く。

彼女にとって東雲さんは僕も響一も取り合わない時に構ってくれる最後の砦だったのだ。

「リダイヤル。リダイヤル！」

「おやめなさい！　翼が可哀想でしょう！」

「ちょ！　冗談じゃない何を本気にしてるのよチビっ子！」

スマホを奪い取った夜桜さんに月並が襲いかかる。これも既に千回は見た光景だった。

響一やクソウサギはもちろん、苹果ですら呆れて笑っている。

「アグリー。東雲さんはベリーアーネストな人物。彼女のキャパシティーをモアベター発揮するには、重要なオポチュニティーと言えるでしょう」

「クソウサギ、翻訳してくれ」

「『彼女は真面目すぎるところがあるから、実力を発揮するにはいい休息の機会だ』と仰っておりますクソネズミ」

「そうだね。大事なオポチュニティーだね」

「のんのん。アグリー、でぇす」

「「「アグリー」」」

みなで頷く。彼にツッコむとキリがないので、この際、英語勉強のいい機会だと……いや、英語勉強のオポチュニティー（笑）だと考えるようにしている。

「まあ実際、疲れも溜まっていたんだろう。大勢で押しかけたりなんかせず、ゆっくり休んでもらおう」

響一の言葉にみなが頷いた。

話が一段落すると、それを見計らってか偶然か、こちらを見ていたクラスメイトの笛口さんと目が合った。

「どうかした？　笛口さん」

「あ……！　わざわざ皆の話を遮ってまでするような大したことじゃないんだけど……！」

「どんな用だっていいのに。月並なんて僕のトイレを遮ってまで自分の話を先に聞かせようとするよ。ねえ夜桜さん？」

「月並さんは存在が便秘ですからね」

「クソを遮るクソってこと？」

「仰る通り」

「アンタら表出なさい暴力で解決してやるわよ！」

そのやり取りに月並以外が笑う。

思うと1ヶ月少しで最も変化したのは僕のマウントに対する意識と熟練度だった。


今のは入学当時に教えられた集団での圧に、隙を作る方法。現在の状況は僕の属するグループに攻撃性のない単一の存在が接触を試みている。談笑を行う集団の中に、誰とも接点を持たない人物が入り込むのは非常に難易度が高く、相当な話術とメンタル、キャラクター性が必要とされる。笛口さんは口下手とまではいかないものの控えめで、出る杭しかいないモグラ叩き状態のSクラスではちっぽけな存在。僕に話が通じたとはいえ、他の5人が黙り込んでいては思うように言葉を出しづらいはずなので、他の人間も敵意がないことを示し、話に巻き込む必要があった。故に月並の悪口に確実に同意してくれる夜桜さんへパスを出した。


僕の声かけに笛口さんは少し戸惑っていたが、勇気を出したように僕らの輪に入ってきた。

「今朝、次の優劣比較決闘戦はペア戦だと伝えられたでしょ？　佐藤君はもうペアを誰にするか決まったのかなって」

「僕？」

「うん。もし決まってないのなら私と――」

「「「だwはんbぎs k:jきq k:j bんp!!」」」

「………？」

騒がしく交ざり合った声に、目の前の馬鹿どもを凝視せざるを得なかった。

「ごめんね笛口さん。ダーリンは私と組むってもう約束してるの」

「あらあら双方の同意がなければ約束とは言えませんよ？　佐藤様とペアを組むのは私です」

「何を仰います環奈様！　私めはどうなるのです！」

「ふぁっつ・ア・センスレスアイデーア。総統には、優秀な副官が必要でしょう」

ドヤ顔で僕の傍に立つ馬鹿ども。凛々しい立ち姿の彼らを見て、笛口さんは戸惑った。

「えっと……決まってるの？　決まってないの？」

戸惑う彼女に僕は笑いかけた。

「ごめんね笛口さん。せっかく誘ってくれて悪いけど、僕のパートナーは初めから1人しかいないんだ」

「「「をいb·jうぇんcっけっくぁ!?」」」

「今回もよろしくね」

僕は隣にいる月並を抱き寄せた。

「!?!?!?　もちろんよダーリ――みゃ!!」

そして、そのまま床に捨てて席を1つ移動した。

「な、響一」

「…………」


面倒ごとの逃げ口にするな。そう言わんばかりの彼を無視して、僕は響一をペアに選んだ。

そんなやり取りをしていると、この時間に珍しく氷室先生が教室に現れた。

「佐藤、次の授業だが急遽時間割変更になった。優劣比較決闘戦について重要な説明があるから、時間までに席に着くよう全員に促しとけ」

「何かあったんですか？」

「詳しくは学長から説明がある。オンライン会議URLが添付されたメールが送られるから全員カメラをオン、マイクをオフにして参加するように伝えてくれ」

先生はそれだけ言うと忙しなく教室を後にした。

「いかがしたのでしょうか。ご恩師にしては珍しく焦っておられましたが」

「優劣比較決闘戦について説明があるって言ってたな。なにやら慌てた様子だったが」

「もしかして優劣比較決闘戦を廃止しますとかじゃない!?　やった！　これで平穏な日常が返ってくる!!」

「千里様、仮にクソネズミの言う通りにバトルが廃止されたら、貴方様はどうされます？」

「マウントのない世界なんて生きてる価値ないもの。ダーリンと一緒に死ぬわ」

「どっちみち地獄！」

「アグリー、美しき純愛でぇす」

どこがだ。それにしても、突然の時間割変更で内容が優劣比較決闘戦のこととはなんだろう。

席に座り時間が来るのを待つ。

オンライン会議に参加し待機していると、難しい顔をした鷺ノ宮学長が映った。

『ご機嫌よう1学年諸君。突然呼び立ててしまい申し訳なく思う。今回は優劣比較決闘戦のルールと開催期間の変更について話したく、急遽の全体集会となった』

教室内が騒めく。先ほどルールの発表があると説明されたばかりなのに、ルールの変更とはどういうことだろう。

『肝心の変更の経緯だが、まずは新ルールの大枠を発表してから説明しよう』

画面に映し出されたスライド資料にはキングとクイーンの絵が載っていた。

『第2回優劣比較決闘戦はペア戦から変更し「代表戦」とする』

代表。その響きを無視することはできなかった。

『これは本来後期に行うものだ。内容はクラス代表が1年間の集大成を見せるもの。しかし今回は代表を2名、私が指名した人間たちで戦ってもらう。Dクラスは浅沼晋太郎&小倉さくら。Cクラスは足立瑞樹&松下左京。Bクラスは銀田一&井浦アヤ。Aクラスは由々式明

&村西之博。そして、Sクラスは佐藤零&東雲翼だ』

「僕と東雲さんが代表……」

『以上10名でバトルを行ってもらう』

質問は受け付けられないまま学長はスライドを進めた。

『さて肝心の詳しいルールだが、その前に、なぜ突然のルール変更があったかを説明しよう』

学長は手の平を組み肘をつくと、重々しく呟いた。

『先日校内で「殺人未遂事件」が発生した』

「「…………!?」」

僕らは動揺を隠すことができなかった。まさかそれって……。

学長は画面越しに騒ぐ僕らがある程度落ち着くのを待つと、再び話しだす。

『察しのよい者は気がついただろう。被害者はAクラスの神木春馬。先日男子寮の自室内で血を吐いて倒れているところを発見された。彼は世間から注目を集める有名芸能人、幸い外傷がないことから働きすぎの過労と世間には誤魔化しているが、我々は今回の件を第三者による意図的な犯行だと断定した』

鷺ノ宮（さぎのみや）学園高等学校からは警視庁にも複数名歴代の先輩たちが入庁しているらしい。警視庁特殊捜査係が総力を挙げて現場検証をしたところ、現場は不可解な様子だったという。

【状況】

・全ての鍵が施錠された密室状態
・被害者に目立った外傷なし
・凶器不明
・現場は争った様子なし
・学園側は犯人を既に特定済み

『今回の優劣比較決闘戦（マウンティングバトル）は魔女狩り。各クラスから最も怪しい2名を容疑者として選出。容疑者計10名で討論し、10人の中に紛れ込む犯人を特定してもらう。容疑者でない者たちは現場検証に参加、代表のサポートをしてくれ。』

一通り説明が終わると再び画面には学長が映し出された。

『詳細なルール説明は例の如くクラス担任に任せよう。質問を受け付ける前に一つ。神木は一時、意識不明の重体だったが現在は意識を取り戻し回復傾向にある。事件前の記憶も鮮明にあり、この出来事をバトルにすることを了承している。犯人のことは恨んでいるが、同時にその鮮やかな犯行手口をみなに共有してほしいとのことだった。故に気後れする必要はない、思う存分、意気込んでバトルに取り組むように』

その後設けられた質疑応答は長きにわたるものだった。犯人が特定されないために第2、第3の被害者が生まれないか。学園側は本当に犯人を特定できているのか。事件を世間に隠蔽しいんぺい学園内のバトルにするのはいかがなものなのか。それらはバトルの詳細なルールというよりも、自身にも危険が及ばないかと不安に思うものが大半だった。

だが学園側の返答は全て問題ない、だった。

『さて、諸君、健闘を祈る』

似たような不安や疑問が散見されてこれ以上は平行線だと思ったのか、学長は得意の一方的な投げかけで画面の中から消えた。

氷室ひむろ先生はつけていたイヤホンを溜め息交じりに外すと、立ち上がってホワイトボードに何かを書き始めた。

「と、いうことでSクラスの代表——もとい、容疑者は佐藤零さとうれいと東雲翼しののめつばさ。2名には明日から3日間、事件の犯人とトリックを推理し自身の潔白を証明する、魔女狩りに参加してもらう」

唐突で横暴な取り決め。

納得がいかずとも強制的で拒否権がないことは既にこの数か月でわかっていた。

【ルール】
・犯人を見つけた者の勝利
・9：00～15：00は犯行現場を模したバーチャル空間で証拠集め
・15：00～16：00容疑者らで討論。根拠と推理を披露し、敵のMPを削る
・MPは10万、削り切られた時点で敗退し、議論への参加は不可となる
・犯人以外のMPを0にした者もその時点で敗退し、議論への参加が不可となる
・3日で証拠が揃わず犯人の特定ができなかった場合は犯人の勝利

「ルールをまとめるとこんな感じ。他の生徒は証拠集めの手伝いや裁判の傍聴人として参加できるが、討論には参加できないから注意しろ」

羅列され、今までの優劣比較決闘戦とは違う難しさがあることを悟った。

今回は今までと違ってただ相手のメンタルを削ればいいのではなく『根拠』が必要となる。

同時に、犯人だと思っていない人間をメンタルブレイクした場合、実質的な敗退。証拠がなくとも相手の精神を削ることができる状況はつまり、話しかけるタイミングによっては意図しな

い人間のMPを削り切って敗退してしまう危険性もある。

それにこれは優劣比較決闘戦。僕を蹴落とすためだけに他の9人が談合することも可能だ。東雲さんが僕の敵になることはないだろうが、これがただの推理ゲームではなく優劣比較決闘戦である以上、彼女の取り扱いも気をつけなければならないだろう。

そもそも、なぜ彼女がSクラスの代表……容疑者の一人に挙がったのかがわからない。

月並も不服に思ったのか、東雲さんを庇うように立ち上がった。

「質問なんですけど、代表の選考基準は何ですか。翼が殺人なんて恐ろしいことを考えるわけがないじゃないですか」

夜桜さんも必死に頷く。

「これだけは月並さんに同意です。それに翼は今日体調不良で欠席なのですよ？　明日治ってるとは限りませんし、あまりに唐突すぎます」

そうだそうだ。人気者の東雲さんは彼女自身が反抗せずとも、周囲のクラスメイトたちが怒り騒ぎだした。しかし氷室先生はいつも通り興味なさそうに言った。

「東雲が選ばれたのはこのクラスで一番怪しい人物の一人だからだ。他の代表者全員も一緒、怪しいから以外ねえだろうがクソが。代表の選考基準なんて詳細に話したら犯人の目星がついちまうってことも理解できねえのかお前らは。東雲には代表になった旨は説明、了承済み。さっき部屋に行ったが平熱だったし、本人も大丈夫って言ってたから大丈夫だろ」

「翼の部屋に行って熱を測ったですって!?　それって先生が服を脱がせたっていうこと!?」

「氷室の家柄に生まれながら淫行条例もご存じないのですか!?　恥を知りなさい恥を!!」

「もしかして俺って全然信用ない？」


生徒たちから反感を買い先生は頭を掻く。

「とにかく決定したんだよ。東雲が容疑者である限り拒否権はない。佐藤も同じ。突然の体調不良で欠席した東雲、隣の部屋のくせに姿を現さなかった佐藤。容疑をかけられるだけなら別に申し分ないだろ」

「ダーリンはともかく。翼はそんなことする子じゃありません～！」

「おい、僕はともかくってなんだ」

先生はそれでも表情を変えなかった。

「なら身の潔白を証明しろ。お前らは世の中に出ても自分はそんなことしない、あの人はそんな人じゃない、と騒げば見逃してもらえると思ってるのか？　極光、お前なら生産性のない言い訳を続ける人間になんて言う？」

「ロジカルシンキングでお願いします（笑）」

クイッと肩を上げた苹果の表情にはイラッときたが、感情に訴えても意味がないことはわかっていた。月並(つきなみ)やクラスメイトも同じく言い返せないようで、先生に圧倒的なマウントを取られてしまった。

無論、僕は神木(かみき)君を殺そうなどとは1ミリも思ったことがない。むしろ愛想のいいお隣さんとして毎日味噌汁を作り合う関係になりたいくらい好きだ。当然、東雲(しののめ)さんがそんなことをする人だとは思ってない。

今までの優劣比較決闘戦(マウンティングバトル)は感情に訴えるものが多かった。僕が夜桜(よざくら)さんを倒せたのも彼女のコンプレックスを突いたからであって、論理も根拠も何もない。あくまで今までは簡単には折れない心の強さと、劣勢の状況を覆(くつがえ)す普通ではありえない考え方の育成が目的。そして今回はダイヤモンドよりも砕けない、石の海より揺るぎない圧倒的な論理的思考力が求められるバトルになったんだ。

みなの文句を黙らせた先生は頷(うなず)くと退室の準備を始めた。

「それじゃあ切り替えろ、今日はもう授業はなし。明日からの戦いに備えろ。犯人を知っている俺は残念だがお前らの味方になることができない。前回までのバトルと違って準備期間が極端に少ないが、俺はお前らが勝つと信じてるからな」

先生は退室しようと荷物をまとめドアに手をかけると、何かを思い出したように「あ」と立ち止まった。

「佐藤（さとう）、学長がお呼びだ。放課後『絶対』『逃げずに』『潔く』『観念して』学長室へ向かえ」

「え」

みんなも同じことを思ったのだろう、何事かと視線が僕に注がれる。

「ダーリンまさか貴方（あなた）……」

「え、何、なんで僕から離れるんだよ」

「佐藤様……いくら神木様の見た目が羨（うらや）ましいからとそのような……」

「ねえ夜桜さん、それどういう意味かな」

「罪は、裁かれるものでございますクソネズミ」

「お前は盗難盗撮盗聴痴漢ストーカー公然猥褻（わいせつ）罪、猥褻物陳列罪で検挙だけどなクソウサギ」

「うんうんアグリー。大正デモクラシーとは正にこのことでぇす」

「灯台下暗しな。てか、勝手に人を犯人と決めつけんな！」

というか、先生の悪意ある言い方が最も酷（ひど）い。

「まあ、こんな恐ろしい事件でいじれるくらいには零（れい）のことを信頼してるんだろうな」

「嬉しいんだかなんだか……」

確かに僕を犯人だと思っていたらこんな冗談言えるわけがない。

響一（きょういち）の言葉に感謝しつつ、なぜ学長に呼び出されるのかが気がかりだった。

なんとなくだが、狂気の学園を統べる人からこのタイミングで呼び出されるなど、碌(ろく)でもない理由な気がしてならないのだ。

6.

学長室は昇降口の上層、3年生が過ごす3階に位置していた。3回ノックし入室すると、パソコンモニターを見つめていた学長は眼鏡を外しながら立ち上がった。

「よく来たな佐藤零(さとうれい)。座りたまえ」

学長室はごく一般的な広さだった。壁には卒業生が描いたらしい前衛的な絵画が飾ってあり、奥のガラス窓からは学園の桜並木が一望できる。残念ながら今日も土砂降りの雨だったが。

「貴様の活躍、しかと耳にしているぞ。実に見事で、目を見張るものがある」

学長は語りながら僕の分の珈琲(コーヒー)を注いでくれると、カップを置きながら自身もソファへと腰かけた。

「どうした、遠慮せず座れ」

「いや、何かしらのトラップがないか確認してました」

「貴様は私にどんなイメージを抱いているのだ」

「優勝旗を躊躇(ちゅうちょ)なく投擲(とうてき)してくる外道」

「臆面(おくめん)もない奴だな貴様は」

お互いさまだろう。学長は溜め息を吐（つ）いた。

「いいから座れ。時間は有限だ」

僕は仕方なく腰を下ろした。

「此度（こたび）貴様を呼び出したのにはいくつか理由がある。だがその前に1つ問おう」

学長から放たれた問いは思いもよらぬ奇妙なものだった。

「貴様は『悪魔の作り方』を知っているか？」

何を言っているんですか。そう返したいのは山々だったが、そんな返答が意味のないことはわかっていた。常識が通用しないのが鷺ノ宮（さぎのみや）学園。一見ふざけているような問いにも、その人なりの意図がある。

「……悪魔ってのは、何かの比喩ですか？」

「すまない、そうだな、それでは人を誑（たぶら）かし悪い方へと導く存在としようか」

「何にせよわかりませんね。悪魔なんているわけな――」

言いかけてふと思った。そういえば、最近も見かけたな。

確か前回の優劣比較決闘戦（マウンティングバトル）後だった。天使と悪魔と魔王と未来の僕。

「あれ……？」

そういえば例の幻覚たち、ある時を境に姿を現さなくなった。前回の優劣比較決闘戦が終わった後の朝、東雲（しののめ）さんの周りに見えた黒い靄（もや）に飲み込まれて――。

「どうした」

学長に不審な目で見られ、思わず首を振る。

「あっ、いや、なんでもないです」

あれはなんだったのだろう。

あの時、突然息ができなくなったんだ。酷い吐き気と目眩に襲われて、危うく意識を失うところだった。完全に忘れていたが、ちゃんと病院に行く必要があるかもしれない。

「まあ貴様の結論としてはいないということだな。実際、お伽噺に登場するような悪魔の証明は難しいだろう。じゃあ人の心に住む悪魔はどうだね」

「人の心に住む悪魔……」

例えばそれは人に嫌がらせをしたり、それこそ自ら手をかけたりしたいくらいの状態のことだろうか。

「相手を、怒らせればいいんですかね……」

僕の回答に学長は拍手した。

「素晴らしい。厳密に言うと『天使を腐らせる』のだ」

真面目に話をする学長から少し身を引いた。

別に貶すつもりではないが、悪魔とか天使とか、少し宗教チックで僕にはついていけない話だ。

「大悪魔サタンは大天使ルシファーが堕落した姿だ。ある偉人は言った『悪魔は全ての者の心に潜む（ひそ）」と。同時にある偉人も言った『生まれついての悪はいないのだ』と。これについて貴様はどう考える」

「……矛盾してますね」

僕の返答に学長は笑った。

「どちらが正しいかとの問いだったが、また言葉足らずで申し訳なかったな」

「両方合ってる気もしますけど……生まれついての悪はいない、ですかね……」

赤ん坊の頃からの悪人などいるわけがない。

環境や第三者からの様々な影響によって少しずつ悪魔が芽生えて悪人になるのだと思う。

学長は再び拍手した。

「私も同じ意見だよ」

しかし、学長が述べた理由は僕と違うものだった。

「ソクラテス、プラトン、アリストテレス。大哲学者を多く輩出した古代ギリシャでの善──アガトスは『ためになる』の意味を持つ。我々日本のように道徳的な意味合いは持たないのだ」

つまりそれは、他人に迷惑をかけても『自身のためになる』ことなら悪ではない、と。

「この考えに沿えば生まれついての悪がいないのは当然だろう。誰もが自分のためになる行い、善を全うするために生まれ、死んでいくのだから」

「結局、学長は何が言いたいんですか？」

「ルシファーが神の手によって堕天させられたのは自身のためになる善――アガトスを実行したから。ルシファーは悪――カノンを行ったのではなく、善を全うしただけなのだ。だがその行いは神にとっての悪、ルシファーは楽園を追放され堕落し、腐り、悪魔となった。先ほど貴様は相手を怒らせれば悪魔が作れると言った。正解だ。ルシファーの目的は本来、神と同等の地位を得ること。第三者に被害を与えることではない。だが自身の野望を阻止されたルシファーは怒りに塗れ、目的を達成するために人に害を与える悪魔となった。ルシファーが傲慢、サタンが憤怒と称されるのも納得かもしれないな」

つまるところ、と学長はやっとまとめに入った。

「悪魔は天使からしか生まれない。そして悪魔は決して悪である自覚はなく、むしろ自身の善である、第三者への悪を無意識に行っているということだ」

「何がつまるところ、ですか。全くもって意味がわかりませんよ」

「この前提をもって考えてほしいのだ。悪の自覚がない悪に対し、我々はどう立ち向かえばいい。こんな話がある。歴史に名を刻む大罪人たちは、罪を犯して心が痛まないのかと尋ねられたところ、そもそも自分は悪行を働いていない、と答えるらしいのだ。当然、彼らはためになる善を働いたのだから。これは非常に恐ろしいことだと思わないかね。我々人間社会には秩序や道理がある。しかし、その常識が通用しないのだ」

「確かに……。人それぞれに個性や普通があるとはいっても、ある程度の指標がないと――」

「これではマウンティングが通用しないではないか!!」

　そっちかい。

　学長は悔しそうに拳を握ると再び語りだす。

「罪を犯した者はマウント取り放題のボーナスタイムだ。宿題を忘れた者、遅刻をした者、ルールを破った者。罪悪感を抱いているがゆえに、本筋から離れた過剰な説教をされても逃（のが）れることができない。反論されたら『お前はルールを破ったくせに何を偉そうな口を』とさらに畳みかけられてしまうからだ」

「身から出た錆（さび）とはいえ酷（ひど）いですね」

「しかし罪の意識がない者はマウントが通じない。『貴方（あなた）は何を怒っているんですか？』とむしろ被害者ぶる者すらいる。だからこそ恐ろしいのだ。知っての通り、マウントには様々な型がある。型は人の性質だ。その性質を見極めることで我々はその者との接し方に適応し、打開することができる。逆にいうと、相手の性質を見極めることができなければ、倒すことが難しくなるというわけだ。復習がてら尋ねるが佐藤零（さとうれい）、もちろん貴様はもう既に絶対比較主義者（マウンティスト）の型は全て把握しているな？　全て答えてみろ」

絶対比較主義者（マウンティスト） 類型一覧

動的絶対比較主義者

- 〈 直接攻撃性能 〉
  - 自己中心型
    - 自称サバサバ型
  - 自爆型
- 〈 間接攻撃性能 〉
  - ブランド型
    - 物質的ブランド型
    - 精神的ブランド型
    - 反ブランド型
  - SNS型
  - 評論家型
    - 評論家型プラス属性
    - 評論家型マイナス属性

静的絶対比較主義者

- 〈 直接攻撃性能 〉
  - カウンター型
    - 攻撃的カウンター型
    - 保守的カウンター型
    - 虚空的カウンター型
    - 肯定的カウンター型
  - アドバイス型
    - アドバイス型プラス属性
    - アドバイス型マイナス属性
  - 自虐型
    - 自虐型プラス属性
    - 自虐型マイナス属性
  - 全知全能型
  - 否定型
    - 鉄壁型（プラス属性）
    - サバサバ型
- 〈 間接攻撃性能 〉
  - 聖人型
    - 超越型プラス属性
    - 超越型マイナス属性
  - 知能型
  - 天然型
    - 馬鹿型
  - 肯定型
- 〈 特殊攻撃性能 〉
  - 保護型
  - 八方美人型

「──の計35種類です」

「素晴らしい。やはり貴様をスカウトしたかいがあったな」

　学長は軽く拍手をすると更に深掘りするような質問を投げてきた。

「では計35類型のうち、最強に位置する型はどれであると思う」

「……最強も何も、マウントの強さは使い手のステータスに依存してます。型によって優劣があるわけじゃないはずです」

「つまらないことを言うな。ロマンの話じゃないか」

　要はどれがお気に入りか、ということだろうか。

「まあ、中心型じゃないですかね。攻撃性が高い動的絶対比較主義者（マウンティスト）の直接攻撃性能だけあって素のステータスが高い人が多い印象です。月並（つきなみ）に夜桜（よざくら）さん、学長もそうですし」

「なるほどな。確かに自己中心型は強者が多い。自身の劣等感からくるマウンティングの特性上、相手の短所を攻撃する静的絶対比較主義者が多くなるのは当然だが、動的絶対比較主義者、それも直接攻撃を行う自己中心型は素養と実力があり、幼い頃から他者に認められ自己肯定感の高い者が多い。結果的に強き絶対比較主義者が多く輩出される型になるのだろうな。だが私の意見は違う」

「……学長の思う最強の絶対比較主義者はいったいどれなんですか？」

「圧倒的に八方美人型と保護型だな」

「八方美人型と保護型……」

呆ける僕に学長は笑い足を組んだ。

「そう。今期1年のSクラスにどちらもいる。佐藤零と、東雲翼だ」

「どっちも最強には遠い人物像の筆頭じゃないですか」

「ならなぜSクラスにいるのだ」

「運が悪いから」

「退学にしてやろうか」

遠回しに不名誉なことを表明すると学長は溜め息を吐いた。

「過小評価は貴様の悪い癖だな。自分自身はもちろんだが、第三者の実力を測れないのは大問題だ、精進しろ」

「はあ（笑）」

マウントを精進するとはなんとも変な話だ。

学長は32歳独身らしくクドクドと説教を唱え——。

「これはマウントではない。そう気のない返事はせず、『32歳独身』の助言は素直に聞き入れたまえ」

す、すごい……32歳独身の部分を当ててきた……。読心術でもできるのか？

「この程度、マウントを極めれば造作もないことだ」

「なんかそういうデータあるんですか（笑）」


「――――!!」

「貴様は次に、『な、なぜ僕の心が読めるんですか』と言う」

「な、なぜ僕の心が読めるんですか――え!?」

一言一句、同じタイミングで言葉を被せられ僕は思わずソファから立ち上がった。

「マウンティングを制する者は世界を制する。貴様は私の発言を無意識に馬鹿にした。その際に発した声の高さ、目線、表情、声域、語彙の選択。そして何より、貴様の中にある他人を見下すその笑う心『優劣波紋』が私に伝わってきたのだ」

何を馬鹿なことを。そう言いたいところだったが、ここまで見透かされては簡単に否定などできなかった。


「いいか佐藤零、感情を制御せよ。表情や声音、言葉はあくまでマウントを取るための道具でしかない。マウントの本質は感情の伝播。心にある潜在意識は人間がたかだか数千年で作り上げた言語などなんかよりも敏感に、無意識の中で繋がってしまう」

「わけがわかりません……。僕にはわけがわかりませんよ!!」

「動物は心の優しい人間がわかるという話があるだろう。私自身研究をしたわけではないので断言はできないが、私は正しいと思うよ。人よりもコミュニケーションの手段が少なく、野生で生きるか死ぬかの瀬戸際をいく動物たちは、感情をキャッチする何かしらの器官が我々より発達しているのではないかと思う」

学長は本気でマウントの可能性を信じているんだ。

言葉や身振り手振りをのぞいても、確かに彼女の気持ちが強く伝わってきた。

「話が逸れたな。そろそろ本題に入ろう」

「今までの全部前ふりだったんですね。で、なんですか？」

悪魔の作り方について。最強の型について。マウントの可能性について。

前ふりだけでお腹いっぱいだというのに、これ以上何を詰め込めというんだ。

不安がっていると、学長はやはり至って真面目な表情で言った。

「東雲翼(しののめつばさ)に注意せよ」

「え？」

唐突な人物への注意喚起(ちゅういかんき)に僕は少し反応が遅れる。

「貴様ら招待生――スカウト組と言ったほうが伝わるか。貴様らスカウト入学の生徒は学年全体で11人。招待されたのにはもちろん理由がある。絶対比較主義者(マウンティスト)としての才能に富んでいるからだ。だが東雲翼を入学させたのにはもう一つわけがある。彼女が危険な存在だからだ」

「東雲さんが危険な存在……？」

「その通り。優劣比較は自身が優位であることを証明する行為。いうなれば言葉の凶器だ。使用すれば少なからず相手にダメージを与えることになる。このことにおいて、月並千里以上のマウント力を持つ東雲翼が、自身の力を制御できない現在の状態は非常にまずいのだ」

「東雲さんが月並以上……!?」

………。

「いやそれ以前に、マウント力って何ですか」

「故に佐藤零、奴の暴走を止めるには貴様の力が必要不可欠なのだ」

「サラッと流すな！」

遂にツッコんでしまったが学長は俄然真面目。立ち上がりガラス窓まで歩くと昨日の落雷で燃えてしまった桜の木を悲しい目で見つめた。

「此の程、学園内では不運な出来事や奇妙な事件が頻発している。落雷による小火、幽霊の目撃情報、合コンのドタキャン。此度の殺人未遂事件もその一つと捉えてもらって構わない」

「一つ変なの交ざってませんでした?」

「気のせいだろう」

「気のせいか……」

だが確かに最近は陰鬱な天気のせいか腹痛のせいか、スッキリとした気持ちではなかった。

「ともかく、この負の連鎖を断ち切れるのは貴様……いや、貴様らしかおらん。数日後、貴様は黄金のような体験をするだろうが、必ず勝ちとってくれたまえ。以上だ」

いつも通りにわけのわからない助言。

だがそこに何かしらの意味があることは間違いなかった。

時が来たら思い出そう。僕は深くは考えず、学長室を後にした。


「さあて急遽（きゅうきょ）始まりました1学年、２回目となる優劣比較決闘戦（マウンテイングバトル）！　実況は毎度おなじみ、2学年Ｓクラス報道部部長の烏ノ燐（からすのりん）が務めさせていただきまあす!!」

場所は各自室。前回同様仮想空間に集まり事件現場を模したフィールド内で調査を行う。ただし今回は証拠集めということでマスコット化されたアバターではなく、リアルと同じ身長見た目での参加らしく、目の前にいる東雲（しののめ）さんはとても不安そうな顔をしていた。

「東雲さん、体調は大丈夫なの？」

「はい。ただの寝不足だったみたいで、１日寝ていたらスッキリしました……。それよりも、がんばりましょうね佐藤（さとう）君……！」

「そうだね。頑張ろう……！」

何が東雲さんに気をつけろだ。彼女がそんな危険な人物のわけがない。それと同時に、学長が無駄なことを述べる人物ではないことも知っており、どんな意味で危険なのか少し不安だった。

「いったい犯人は誰なのか！　さあみなさん、犯人がわかった途端手のひらを返す考察厨のように上から目線で？」


「「だと思った。初めから怪しいと思ってたんだよね（笑）」」


時計が９時を回ると同時にバトルが開始される。僕らＳクラスは今回仮想空間で現場検証をする班とリアルで目撃情報集めをする班２つに分かれた。僕と東雲さん、月並と苹果は現場検証班。副代表である夜桜さんと響一、クソウサギは情報集め班だ。それぞれ他のクラスメイトを率いて調査にあたる。

「青木くんはキッチン、佐久間さんと渡辺さんはリビングを主に調査して。僕らはまず寝室を調査するから」

同じ班のみなに指示を出し調査を始める。

犯行現場である被害者の部屋へと入ると、事前に伝えられた通り神木君は血を吐き仰向けでベッドに横たわっていた。

「推定犯行時刻は午後10時49分。外は雨で誰かが侵入した痕跡もなく密室とはね。よくこんな都合のいい条件が揃ってるものよ」

月並が感心しながらも鼻で笑う。

「まるでドラマだよね。密室殺人なんて」

「本当に事故じゃないんですよね……」

「バトルにするくらいだから証拠は揃ってるんだろうね」

それにあの悲鳴。とても病気や事故で起こったものとは思えない。何より未練を残すような、恨みを残したような顔で倒れている神木君の表情が、これが人為的なものによるものだと語っていた。

「でも寮ってオートロックよね？　密室も何も犯行後フツーに出てったなんて可能性もあるのよね」

「それ以前に男子寮にどうやって入ったんだって話だよ。遊びに来たフリをして犯行に及んだとしても、入口や廊下の監視カメラに残ってるだろうし」

「神木君は11時少し前に倒れたけど、それより前に犯人が侵入してトリックを仕組んでいったとか？　合鍵を事前に作っておいて」

「アグリー。それは難しいと思いまぁす」

1人で捜査を進めていた苹果が部屋に入ってくる。

彼はいっちょ前に白い手袋をはめており、月並の考えを否定した。

「鷺ノ宮の鍵は天秤時計に内蔵されたＩＣチップ式でぇすが、セキュリティ面に複数の処理がしてありまぁす。メモリ素子の配置がランダムそして暗号化され、メモリ回路素子が通常のICチップとはディファレントでした。消費電力と処理時間もコンプリケイティッドにしてあり信号の解析が難解でした。何より、光か空気に触れるとメモリの一部が燃え尽きるようにメイクアデザインされてました」

「「「…………」」」

「何より玄関はチェーンロックがかかっていました。仮にキーのドゥプリケーションに成功したとしても、チェーンロックのかかったドアから侵入するのは非常にディフィカルトでしょう。ジャストインケース、それすらも犯人の偽装ではないかコンファームするため、指紋の採取のみしておきましょう」

僕ら3人は顔を見合わせ頷(うなず)いた。

「それにしてもエクセレントでぇすメタバース。現実では入手の難しい機材や道具がすぐに呼び出せまぁす。まあ指紋程度ならアルミニウム粉の入手くらい――」

「「おらあ!!」」

「アウチ!!」

僕と月並は苹果のアバターに乗っかり動けないように彼を拘束(こうそく)した。

「みんな敵クラスのスパイが苹果に変装して紛れてるぞ！　また裏切りだ！　青木(あおき)君！　今すぐ苹果の部屋に行って状況を確認、事実をみんなに共有してくれ！」

「何を言うのですボス。ヴォくはヴぉくでぇす！」

「馬鹿め！　苹果（じょぶず）があんな賢いことを言うわけないだろ！」

「どこの誰だか知らないけど入れ替わる相手を間違えたわね！」

「…………！（ぶんぶん）」

「東雲（しののめ）さぁんまで頷（うなず）かないでくださぁい」

早急に確認したところ、本当に苹果だった。


「まさか本当に苹果だったとは」

「そういえば貴方（あなた）エンジニアだったわね」

「疑ってすみませんでした……」

「アグリー。問題ありませぇん」

普段の言動と最先端の爪楊枝（つまようじ）のせいで彼もそれなりに勉強ができる人間だと忘れていた。

その後、現場検証を行った僕ら３人は苹果が本物なのか確かめるべく、現実世界の彼の部屋に集まったのだが、彼の部屋は多くの図面や工具、業務用３Ｄプリンターなど工学系の道具や試作品で溢（あふ）れていた。

「苹果、これは何？」

「それは魚肉ソーセージの包装を剥がす道具でぇす。もちろん、チーズかまぼこの包装にも対応していまぁす」

「地味ね」

「確かに剝がしにくいけど」

今度は月並が水筒のような筒を指さした。

「じゃあじゃあこれは？」

「それは別な飲み物を半々に入れられるペットボトルでぇす」

「地味に凄いわね」

「さっきから微妙に便利なのなんなん？」

「これはなんですか……？」

今度は東雲さんがヘッドホンのようなものを指さした。

「それは普通にヘッドホンでぇす」

「いや普通にヘッドホンかよ」

「つまらないわね。もっと面白いもの持ってきなさいよ」

「理不尽でぇす」

ならとっておきをお見せしましょう。と、苹果はめげずに奥へと引っ込むと、鷺ノ宮1学年を示す赤のネクタイを持ってきた。

「ただの鷺ノ宮のネクタイじゃない」

「ディスイズ『超！　ネクタイ型変声機』。他人の言葉をスタディして話すことができまぁす」

「「「おおお!!」」」

見た目は普通の鷺ノ宮のネクタイだが、苹果が話す言葉は月並の声音に変換されている。

やっとソレらしい発明品が出てきた。

「先ほどの数秒間、月並さぁんの言葉をリッスンしただけでこの精度。我ながらエクセレントな発明でぇす」

今度は僕の声が再現され、少し気持ち悪かったがその精度に感心した。僕ら3人が同時に「おおお!!」と発したにもかかわらずしっかりと識別してこの声を生成しているのだ。

「それに生でリッスンした声だけでなく、録音や動物、機械音や環境音でも対応できまぁす」

「翼が、苹果語で話してる……」

「や、やめてください……！」

「まあ、今のところ使い道はありませんが」

心底がっかりした月並と恥ずかしがる東雲さんの反応を見て苹果は元の声に戻る。

確かに、特殊詐欺グループでもなければ日常で使うことはまあないだろう。

「録音でもコピーできるのね……」

月並は呟くと苹果に貸してくれと頼み、自身のスマホを取り出し音声を流した。動画は先日行った激辛中華料理店での動画。ＳＮＳにはアップせずとも少しだけ撮っていたようだ。

「何してんだ月並？」

「――ああ、ちょっと試してみたくてな……」

「響一!!」

月並は自身のネクタイと超！　ネクタイ型変声機を着け替えると響一の声のまま続けた。

「面白いなこれ。まるでオコタンそのものだ」

「響一の声でオコタンとかいうな」

「？　オコタンがオコタンと言って何が悪い」

「「「――――！（笑）」」」

笑うな。笑ったら負けだ……！

「なあ月並、今一応、優劣比較決闘戦の最中だしさ、ふざけるのはやめよう？」

「それもそうだな。オコタン、そろそろ本気出すお」

「「「――――！（笑）」」」

これはきつい……！　この年齢で一人称が自分の名前だけでも厳しいのに、響一の凛々し

い声でオコタンとか幼稚園児みたいな話し方されるのはきつい……！（笑）

「なあそれより皆、そろそろお昼休憩にしないか？」

響一、もとい月並からの提案。この状況からさっさと抜け出すべく昼食にするとしよう。

「そ、それもそうだね。今日はどこで食べる？」

「オコタン、わたあめ食べたいお」

「「わたあめ……！（笑）」」

響一絶対そんなこと言わないだろ……！

だがツッコんだら負けだ。何度も言うが月並は極度のかまってちゃん。我慢して暫く無視していれば拗ねていつかやめるようになる。

「わ、わたあめか……さすがに学園内じゃ売ってないと思うけど」

「やだやだ～、オコタンわたあめ食べたいお～（笑）」

「笑ってんじゃねえか（笑）」

自分で言っておきながら耐えられなかった月並に思わずツッコんでしまった。彼女も冷静さを維持できずやけくそになったのか、もうキャラを無視して会話を始めた。

「いいじゃん。なあ翼？　お前も俺と一緒にWATA&AME食べよう、ZE☆」

「お、尾古君はそんなチャラチャラしてません……！」

「つれねえなー翼はよ～。ま、お前のそう言うところが可愛いんだけど、NA☆」

「やめてください千里（笑）。……ちょ、どこ触ってるんですか！」

東雲さんに抱きつき胸やお尻を揉み始めた月並。完全に悪ノリ状態だ。

「んっ……ちょ、だめ……！」

「変な声出すなYO。俺だって男なんだ、ZE☆」

「千里の馬鹿……！　尾古君はそんなことしません……！」

月並の拘束を抜け出し東雲さんはなんとか逃げ出した。しかしウザいうるさい鬱陶しいでおなじみの月並千里。彼女を追い玄関へと駆ける。

「おいOH～ぃ。クールな性格は表向き。本当はけだもので可愛い子を見るとぺろぺろ――」

「「あ……」」

逃げ出した東雲さんが玄関を開けると、蔑んだ視線でこちらを見る響一の姿があった。

「オコ……タン……」

「どうした。続けろよ」

「…………」

「続けろ」

「しゅみましぇんでした……」

月並は自身の声で、消え入るように謝罪した。

2.

「さて、これより午前中に得た情報を共有するわけですが――」

「グス……グス……」

「月並（つきなみ）さんはいかがなさいましたの……？」

「アグリー。尾古（おこ）に、オコられました」

笑った苹果（じょぶず）を響一（きょういち）が睨（にら）む。苹果はヒョイと肩を上げた。

「まあよいでしょう……今は話を進めるのが先決です」

クラス全員で教室に集まり二手に分かれて集めた情報を合算するも、犯人像はおろか、どのようにして神木（かみき）君に手をかけたのかすらわからなかった。

むしろ、情報が集まれば集まるほど謎が深まる。

まず密室。苹果いわくＩＣチップを用いた鍵は磁気を用いたものよりも複製が数段難しく、オートロックをかい潜（くぐ）ったとしてもチェーンロックがかかっており入退室は現実的ではない。

次に凶器。現場は事前情報の通り争った形跡がなく、被害者である神木君の体には一切の外傷がなかった。薬物による犯行を疑うも毒性検査の結果は異状なし。青酸カリでの殺害どころか、短期間におけるカフェイン大量摂取による不整脈すら疑えない。

最後に記録。学園内に設置された監視カメラの映像を確認できる時点で有益な情報は得られないのだろうと思っていたが、犯行の周辺時刻に神木君の部屋へ寄りついた容疑者はいなかった。

「監視カメラの映像はまだ一部しか確認できていませんがね。なにゆえ膨大な量の記録が残っておりますから。犯人を捜す期日は3日。可能であればこの班の人員を増やしましょう」

「そうだね。現場検証なんて僕ら素人が何人集まっても無駄だし、僕と月並、苧果で対応して、残りは映像班に回ってもらおう」

この事件を3日で解決しろという学園側の指示にも無理がある。それとも、3日程度で解決できるほど単純な、意外とわかりやすいトリックが仕掛けられているのだろうか。

「ちょっといいか」

頭を悩ませていると響一が手を挙げる。僕は発言するようそのまま促した。

「今回は期間が短い。まずは犯行方法に絞って考えてみないか？　今のところ薬物の投与が濃厚だ。物さえ特定できればその薬物を入手できそうな人物像が見えてきて、そのルートをあさり、準備をするための期間も自ずと予想がつくだろう」

「そうだね。山吹さん、何か思いつく薬とかってある？」

僕は山吹さんに声をかける。

彼女は日本医学連盟名誉会長の次女、僕らよりはこの類いの話に詳しいかもしれない。

「吐血をしているってなるとホルマリンやイソプロパノールかな。でもどっちも現実的じゃないね。認可の下りた業者からじゃないと購入できないし本人確認は必須。工場から盗んできたとしても揮発性が高いから素人には扱えないだろうし、下水道に流そうものなら警察から連絡がくる。何より匂いが強くて刺激的だから、飲ませる前に気づかれるよ」

「どうにかして食品に混ぜられないの？」

「できるよ。てか、普通に着香添加物としてそこら辺の飴とかに入ってる。でも当然だけど微量だから致死量には至らないし、それが含まれる飴で殺そうものならイソプロパノールの中毒症状よりも先に砂糖の大量摂取で死ぬね」

「なるほど……」

当然だが僕らは警察の鑑識課でもなければ毒物の研究者でもないし探偵でもない。彼女があげた毒物で殺害を試みるのが可能かとか、それ以前に彼女の話が合っているのかもわからない。

「なあ、メタノールはどうだ？　飲み物に混ぜたとか」

神崎（かんざき）君が発言した。

「ありえないね。吐血の原因を簡単に言うと胃の粘膜が荒れて下にある血管に傷がついたから。致死量に至らないメタノールがそこまで悪さするとは思えない。どうやって毒物検査をパスしたのかは知らないけど、ガス、錠剤、液体と膨大な量の毒物を特定するためには明確にわかっている吐血の症状に注目して話を進めるべき」

「なるほど。じゃあ毒物の特定は山吹さんに任せていいかな」

「わかった。私さっき映像班だったから、今から現場検証に行ってきていいかな」

「うんぜひ」

お願いしつつも、なんとなく僕は、毒を用いて殺害を試みたとの考えは間違っている気がした。専門性がないから現実的な考えを否定してしまうだけかもしれないが、ただの犯人当てゲームを、緊急の授業変更までして行うとは思えないのだ。これはあくまで優劣比較決闘戦（マウンティングバトル）。常識を超えた、固定観念の先を行く柔軟なアイデアが必要なのではないか。

僕はクラス全体での会議を終えた後、食堂で遅めの昼食を食べながらいつもの仲間たちにだけ尋ねてみた。

「ねえ、溺水や窒息で意識を失ったってのはありえないかな」

「「「え?」」」

「なんの根拠もないけどさ、今のままじゃ一般的すぎると思うんだ。前回のバトルで言われたはずだ。固定観念を捨てろって。外傷はないけど、どうにか薬物以外で気を失わせる方法はないかな」

「アグリー。ぜひ、ボスの考えをお聞かせ願いまぁす」

「うん。今回のバトルって犯人を推理してメンタルを削るってルールだけど、なんとなく違和感があるんだ。仮に証拠が見つかって犯人を当てたとしてもさ、メンタルが削れるタイミングによっては勝者の座を奪われる可能性もあるよね。だって単に犯人を当てた人の勝ちじゃなくて、メンタルを削り切って犯人を当てた人の勝ちなんだから」

「その可能性もありますわね」

「それって変じゃない？　今までのバトルと全然違うよ。前までは相手の弱点を突いて、一気にダメージを与えて爽快に勝利！　って感じだったのに、今回は犯人のＭＰの残数を気にしながら戦って、横から奪われる可能性もあるなんて」

「むしろそれで当然じゃないのか？　今回は事件の推理。ということは明確に凶器があって、時系列があって、それらを統合する根拠がある。根拠という揺るがない推理を一番早く見つけ出し披露することで、なんでこんなこともわからないんだ、とマウントを取れという意味じゃないのか？」

「そんなの気持ちよくないよ！」

　突然立ち上がり、大声でみんなを驚かせてしまったことに申し訳ないと思いつつ、僕のこの違和感は間違いないと確信していた。

「マウントって、そんなしょうもないものじゃないじゃん。他人の努力を横から少しダメージを与えて勝者になって『油断してたお前が悪い（笑）』って言うだけなんて、マウントじゃない。ただの卑怯だ。僕は知ってる。マウントは、ウザいんだ……。美少女だろうが、子供だろうが、グーで殴りたくなるくらいウザいのがマウントなんだ……。でも今のままじゃ、ただの問答だ。

完璧に再現された現場と、大量の映像データ、メタバース内で無尽蔵に手に入る最新設備の治験器具を使えばそりゃ証拠集めも楽だよ。お前がやったんだろって突き詰めて、相手の精神を追い詰める。でも、それじゃダメなんだ……。僕らがするべきなのは設計図を基に家を建てることじゃない、論文を基にワクチンを作ることじゃない。魔法だよ。誰にも真似されない、誰も到達したことない魔法みたいなことをやってのけた上で『え、こんなこともわからないの（笑）』って言わないとダメなんだ……。そうじゃないと、殺したくなるほど、ウザくないんだ……」

「「「…………」」」

「ご、ごめん……」

僕は唖然とするみんなを見てふと我に返り、静かに席へと着いた。

何をやっているんだ僕は。柄にもなく大声なんて上げて。マウントの型を覚えたり、手法を学んだりしているうちにおかしくなってしまったようだ。マウントに美学など求めて何になる。でも、僕の直感がそう叫んでいるのは確かなんだ。マウントの可能性を信じろと、僕の中の比較精神が言っている。お利口さんな考えなど必要ない。優劣世界で戦う全ての者たちへ愛をこめて、圧倒的なマウントで潰すことが、絶対比較主義者への最大の敬意なのだと。

「ダーリン私感動したわ！　貴方も遂に絶対比較主義者への領域へ踏み込んできたのね！」

月並が抱きついてくる。こいつならきっと、わかってくれると思っていた。

「犯人の証拠を見つけるのはあくまで手段でしかない。目的はマウントを取ることなんだもの、確かに今のままでは気持ちのいいマウントは取れないわ！」

響一はいい顔をしなかった。

「だからといって千里さん、3日しかないバトル期間を根拠のない犯行方法の調査に費やすのかい？　山吹さんの言う通り吐血の症状を元に殺害方法を絞っていくべきだ」

「確かに時間はないけど……私はダーリンを信じるわ！　ダーリンを信じる私を信じる！」

「君ってやつは……」

響一が呆れると、珈琲を入れ終わった苹果も声を上げた。

「アグリー。ヴォくも力を貸しましょう」

「苹果まで……これは遊びじゃない、より確実な方を取るべきだろう」

「ベルは電話を開発する前に市場調査などしましたか？　仮にこのアクションが遠回りだとしても、数字なんてどこからでも持ってこれますし、どうにでも料理できまぁす」

「全部スティーブン・ジョブズのセリフじゃないか……」

響一は困ったように溜め息を吐いた。

「皆はどう思う？」

「私は結論に辿り着ければどちらでも問題ないと思いますわ。佐藤様の仰る通り、今回の事件は平凡な考えでは答えを出すのに時間がかかるようですし。しかし私は順を追って推理しようと思います。佐藤様の仰る魔法のような犯行方法だろうと、魔法にも放つための物理法則があり、筋道がございます。ここが現実である限り地に足の着いた考え方をした方が先決でしょう」

「うんうんアグリー、近道をしないのが一番の近道であると……。しかし夜桜さぁん、仮にここが現実ではないとしたら、それは果たしてベストなアンサーでしょうか？」

「これでも夢であると？」

「いててて……！　ま、まあ人生が全て水槽の脳の見る夢と考えればこれも夢いててててて！」


試すような表情で言った苹果の頬を、夜桜さんは思いっきりつねった。

「私は現実主義者です故、地道に調査を進めようと思います。どちらにせよ、私めは環奈様の味方しかするつもりはございませんが」

「勘違いしないでほしいんだけど、別にみんなのやり方が間違ってるとか否定するつもりはないんだ。敵とか味方とかじゃなく、多方面から考えるのもいいんじゃないかなって」

「もちろん理解できるが、話が散らばってしまわないだろうか。首絞め、溺水、窒息、薬物、何を用いたにしてもトリックが存在する。その可能性を全て追っているうちに全てが中途半端になってしまう」

「翼はいかがお考えなのです？」

「え、私ですか……？」

夜桜さんに突然名前を呼ばれ心の準備ができていなかったのか、東雲さんは目を丸くした。

「ど、どうでしょう……あはは……私にはもうさっぱりで……」

「可愛いから許しますけど、ボーッとしないでくださいませ！　可愛いから許しますけど！」

「ご、ごめんなさい……！」

夜桜さんはぷんぷんしながらも東雲さんに抱きついた。

「あらーまるで鬼嫁ね。翼はボーッとしてて何考えてるのかわからないところが可愛いんじゃない。ねー翼♡」

「わ、私は可愛くないです……！」

月並はくっついた夜桜さんを引き離し東雲さんを抱き寄せる。可愛いと頭を撫でられ照れる東雲さんを見て、夜桜さんはムスッとし、東雲さんを奪い返そうと2人の間に割り込んだ。

「貴方様も代表の1人なんですから対策せねばなりませんよ！　私がサポートしますので私と共に参りましょう！」

「翼には私がいるからいいんです～。アンタは白ウサギちゃんといちゃついてなさいよ」

「そうです環奈様！　私をサポートしてください。永遠のサポーターになってくださいませ！」

「いやです！　私も翼がいい！」

「だめで～す（笑）。翼は私が見つけた可愛子ちゃんでーす（笑）」

「何とか！　零世と交換でなんとか……!!」

「白ウサギちゃん1人と翼が釣り合うわけないじゃない」

「っく……！　返す言葉もありませんわね……！」

「んっ……♡　環奈様と千里様のダブル罵倒……よき……!!」

「キモ」

「見てないで助けてください……！」

頬を火照らすMウサギと、取り合いされている東雲さんは一旦置いておき。

「とにかく、僕は薬物以外で何か方法がないか考えてみるよ」


だからといって何か案があるわけではない。

何か一つでいい。何か一つきっかけを見つければ自ずと見えてくるはずなんだ。

もう一度現場を再現した仮想空間に飛び込み、月並と苹果を連れ事件解決のヒントを探す。

クラスのみんなは遅効性の毒を神木君に飲ませることで密室殺人をつくりあげたのではないかと疑っているが、僕は神木君の悲鳴を聞いている。あの叫びは痛みや不快からくる嗚咽ではなく、恐怖の対象を目撃した声だ。神木君はあの瞬間確実に、目の前で犯人と対峙している。

考えろ。素人で知識もないからこそ、柔軟な考えできっかけを見つけるんだ。

「傷一つついてないってのがおかしいわよね。寝てる間に硫酸流し込んで一瞬で中和させたのかしら」

月並の現実的な考え。それをも否定してみたらどうか。

「……そもそも吐血に注目する必要はあるのかな」

「アグリー。ぜひボスの意見をお聞かせくださぁい」

「少しだけ調べた程度なんだけどさ、吐血する病気ってたくさんあるみたいじゃん。それもストレスや暴飲暴食で起こることもわりとある。神木君って競争の激しい芸能界で小さい頃から活動しててさ、分刻みのスケジュールなうえに学生としての側面もある。日常的にストレスがかかってて、元々吐血するくらい状態はよくなかった可能性もあるよね」

「まああるかもね。大舞台に立つ期待の圧に押し潰されて不眠とかパニック障害になる人もいるらしいし」

「アグリー。疾病の欄には一時期不眠症と拒食に慢性的な頭痛、逆流性食道炎と記載がありますね。食道炎が再発していたかもしれませんし、他の症状が出ていても治療せずに放置していた可能性はありまぁす」

「毒物検査をパスする毒殺よりかは現実味あるよね」

「しかしエビデンスが必要でぇす」

「処方箋やスケジュール帳を探そう。もしかしたら手がかりが見つかるかも」

「プライベートも何もないのね。承知の上で承諾したんだろうけど」

僕らは暫く彼の部屋とスマホを漁った。

「あったわ！」

「本当か!?　でかした月並！」

通院の履歴か、薬局での支払い明細か。僕は月並のいじる神木君のスマホを覗いた。

「人気イケメン俳優でも所詮は男の子ね」

「お前は何を漁ってるんだ!!」

月並の頭を叩く。

彼女が見つけたのは神木君お気に入りのセクシー女優が保存されたエロファイルだった。

「メンズは大半が男の子でぇす。そんなわかりきったことよりも、インポータントなことがあるでしょう」

苹果は持っているスマホをひらひらと振っていた。

「それはまさか！　見つけたのか!?」

「アグリー。仕事用とプライベート用、２台あったほうが都合がいいのでしょう。世間に広まったら大変なものは、こちらに収めてたようでぇす」

確かに人気俳優なら噂が広まるのも早い。爽やかで元気なイメージの彼がストレスで体調不良などとバレたらまずいから、別のスマホで予定を管理しているというわけか。

「しかしまさか、彼が廣瀬麻央さんとお付き合いしているとは」

「だからお前らは何を漁ってるんだよ!!」

苹果の頭を叩く。彼が見つけたのは人気女優と仲良さそうに写真を撮る神木君。仕事ではなくプラーベートでの２ショット写真が多くあるところ、男女の仲なのだろう。

「しかし、イッツお宝写真でぇす」

「今はそれどころじゃないんだよ……」

「ふざけちゃダメじゃない苹果。メッ！」

「お前が言うな」

２人に任せた僕が間違いだった。

僕はスマホを奪いとり、何か有益な情報がないかを確認する。

「え……」

しかしすぐに固まってしまった。先ほどまでは人気女優と仲睦まじい写真ばかりだったのだが、フォルダを下へスクロールすると、ところどころ別の女性とイチャつく神木(かみき)君の写真があった。

「何これ浮気？」

「いや、さすがに元カノとかじゃない……？」

「アグリー。ダイアリー的に、複数の女性と仲良ししているように見えまぁす」

苹果(じょぶず)の言う通り、廣瀬(ひろせ)さんと抱き合う写真の次に別の女性とキスをして、また別の日にさらに別の女性とイチャついている写真がある。スマホに記録されている日時的に、別れた人だとか、復縁後ではなさそうだ。

「いやーこれは特ダネだね」

「ダーリンも関係のないファイル漁(あさ)ってるじゃない」

月並(つきなみ)にツッコまれ我に返る。イメージが崩れる衝撃の事実に思わず反応してしまったが、今は証拠集めが優先だ。そうして探していると、一つ怪しいものがあった。ドライアイスだ。神木君のネット通販の履歴に、大量のドライアイスを購入した記録が残っていた。妙だとは思いつつその時はスルーしたが、暫(しばら)くして思わぬ形で繋(つな)がった。

山吹(やまぶき)さんが再び現場検証に戻ってきた。僕は彼女に人の体に直接触れずに気絶させる方法があるか聞いたところ、彼女は感電などによるショック、溺水による呼気不全、そして窒息による低酸素脳症などがあるという。

「争った様子がないってことは短時間で意識を失ったんだろうし……一瞬で気絶させるならやっぱり電気……？」

「だろうけど、今回の場合はないと思うよ。気絶するくらいの電圧を食らえば跡が残るし、筋硬直があるからすぐバレる」

　山吹さんが首を横に振り僕は肩を落とした。

「じゃあダメか……一瞬で気絶させないとだもんね」

「低酸素脳症ってのは、普通に酸素の循環不全ってことでいいのよね？」

「そうだね。ただやっぱり意識を失うのに時間がかかるし、酸素が薄ければ当然だけど空気のあるとこに移動するからね。ここが化学工場で神木君がタンクの点検員だったらまだしも」

「どのようなミーンですか？」

「二酸化炭素中毒なら濃度によっては即死することもあるからね。実際工場とかではタンクの清掃や点検で中に入った人が数秒で死亡した事例もあるらしいし」

「二酸化炭素……！」

「何か思いついたのダーリン？」

「思いついたというか、さっき変なの見つけたんだ。大量のドライアイスの購入履歴なんだけど。ドライアイスって確か二酸化炭素だよね？」

僕はみんなにスマホの画面を見せた。

「アグリー。何かしらのパーパスがあって購入したのは間違いないですね」

「山吹さん、二酸化炭素はどの程度の濃度で意識を失うの？」

「約７％。１グラムで容積約５・７１４リットルを１時間で10％まで引き上げるから――」

「この部屋は10畳で約16・５６㎡。高さが２・４メートルとしたら体積が39．７４４――」

「底辺×高さ÷２。半径×半径×３・１４。１８０度×（頂点の数―２）。速さ×時間――」

『15時になりました。討論を開始しますので一時ホームへ戻ります』

頭の良い連中が計算を始めたところそのようなアナウンスが入り、自分以外の姿が消える。やがて犯行現場も切り替わっていき、ホーム画面の教室に戻った。

討論の準備が終わるまで自分の席に座り今日の収穫を整理する。結局今日は具体的な犯行方法を突き止めることができなかった。吐血が犯行とは関係なく、異様な量のドライアイスの件もあくまで予想でしかない。あと２日でどこまで詰められるか。犯人が確実に紛れている以上、これからの討論に望みがかかっている。

『代表10人の接続を確認しました。討論を開始します』

どのように質問をしていくべきか考えていると再びアナウンスが流れた。次第に景色が変わっていき、暗い空間に円卓が現れる。中央にのみ青白い光が灯っていて、少し気味が悪かった。

「始めようか」

僕はそう言って目の前の席に着く。

左隣に東雲さん、そこから時計回りにAクラス、Bクラス、Cクラス、Dクラスだ。

「始めるといっても、いきなりだと難しいですよね」

〈浅沼晋太郎に３２９８のダメージ〉

格上のクラスに囲まれてか、人と話すのが苦手な性格なのか、はたまたやましいことがあるのか、隣の浅沼君が笑うと同時にダメージを受けた。

「そうだね。せっかくだから仕切らせてもらおうかな」

「何勝手なこと言ってるのよ！　男が自然に発言権を得るこの議会は間違ってる！　貴方はいつも学年代表を名乗ってるんだから譲りなさいよ、全ての人に平等な権利を与えなさいよー!!」

「わかったわかった！　じゃあ由々式さんお願いね……」

「面倒で責任の重い仕事を人になすりつけるなんて最低！　下の人間に優しくしなさいよー!!」

「文句言って甘い汁吸いたいだけじゃねえか!!」

〈佐藤零（さとうれい）に4295のダメージ〉

「僕も由々式（ゆゆしき）さんもダメなら誰が進行するのさ……」

こんな時でもブレない由々式さんに呆（あき）れながら問うと、彼女はふんと鼻息をついた。

「貴方（あなた）と同じSクラスで女性の東雲（しののめ）さんに決まってるじゃない」

「えっ……!!」

〈東雲翼（つばさ）に7830のダメージ〉

「進行するだけじゃない。何か問題ある？」

「えっ……でも……」

「何？　それとも積極的に発言したくないやましい理由でもあるわけ？」

「い、いえ……そんなわけじゃないんですけど……！」

〈東雲翼に8399のダメージ〉

特に問答も始まっていないのに精神をどんどん削られていく東雲さん。

彼女が犯人なわけないので由々式さんが犯人当てを間違えて脱落すれば選択肢が減るが、唯一協力関係にある東雲さんを失うのも惜しい。

「得手不得手があるじゃん」

「アリバイ聞いていくだけなのに何ができないってのよー!!」

「じゃあ俺がやろう」

収まらなさそうな不毛なやり取りに手を挙げたのはBクラスの銀田一（ぎんだはじめ）君だった。

「やってくれるの？」

「ああ。そして俺が解決まで導いて見せる。ばっちゃんの命かけて！」

「え。誰の命をかけるって……？」

「おや、感心しませんねぇ～」

よくわからない発言に困惑していると、今度はBクラスの松下左京（まつしたさきょう）君が声を上げた。

「あなた、人間として恥を知りなさい！　たとえどんな理由があろうと、殺人を正当化することはできません！」

「殺人じゃない！　偉大なる祖父、銀田恭介（きょうすけ）の孫としてばっちゃんの命をかけてるんだ！」

「なら私は佐藤零の命をかけるわよー！」

「勝手にかけんな！」

「わけがわかりませんねぇ～」

カオス。全く話が進む気がしない。

「なんだろう。本当になんだろう」

今度は誰だ。独特な話し方で会話に参加してきたのはＡクラスの村西之博君だ。

「なんだろう。この時間って無駄じゃないすか?」

「そうだね。時間は限られてるんだ。村西君の怒りももっともだと思う」

「なんだろう。怒りっていうか、不快感を覚えた自分に驚いたんだよね。もっと意味のある話しましょうよ。Ｃクラスの足立さんとか、事件当日何してました?」

村西君が話に交ざれてない足立さんに話を振る。

「私はその時間は寝てたよ」

「なんだろう。本当になんだろう。なんかそういうデータあるんですか?」

「寝てたんだからないよ……!」

「これは妙ですねぇ～」

「謎は全て解けた！　ばっちゃんの命かけて、彼女が犯人だ！」

「ち、違うよ！　私じゃない……!!」

〈足立瑞樹に１０２２７のダメージ〉

もう滅茶苦茶だ。

「あの～、ちょっといいかな」

割って入ったのはBクラスの井浦アヤさん。

「誰が怪しいとかは後にしてさ、事件当日何してたか言っていくべきじゃない？　それを聞いてかないと明日以降推理すらできないじゃん。ねえレイ？」

唐突に名前を呼ばれ驚く。

初対面だというのに呼び捨てとはさすがギャル。コミュ力が限界突破だ。

僕は頷く。

「そうだね。それと同時に皆が神木君とどんな関係にあったかとか、ウチのクラスは指紋の採取もしたいし、各々、今日は証拠集めに徹しよう」

「何をしれっと進行してるのよー！　言うからには貴方にはアリバイがあるんでしょうねー!?」

由々式さんがキレる。しかし残念ながら白の証拠などない。

「アリバイはないよ。僕は当日激辛料理のせいで寝込んでたからね。でもそれは由々式さんも一緒でしょ？」

「ふん……！　それもそうね。私も佐藤零と同じく一日家にいたからアリバイなしよ」

「なんだろう。本当になんだろう。この時間に出歩いている方が変ですよね。オイラも部屋でテレビを観ていました」

Aクラス２人はアリバイなし。

村西(むらにし)君の発言通り、この時間帯に犯行ができない証拠がある方が珍しい。

「Bクラスの2人はどう？」

「俺も部屋で本を読んでいたからアリバイはないが、ばっちゃんの命かけて犯人は俺じゃないと断言する！」

「私はその……」

自信満々の銀田(ぎんだ)君に反して、井浦(いうら)さんは何かを隠すように口籠(ご)もった。

「どうしたの井浦さん。その時間は何をしていたの？」

「………………」

由々式(ゆゆしき)さんの言葉に顔を逸らす。

彼女の威圧的な態度に怯(ひる)んだのではなく、あれは明らかに何かを隠している表情だ。

彼女が間を空ければ空けるほど疑惑の念は広がっていく。

「そ、その時間は……」

彼女はそう呟(つぶや)くと、顔を赤らめて言った。

「か、彼氏の家に泊まってた……」

「「「こいつが犯人だー!!」」」

「えええええ!?　ちょ、学外にいたって証人いるじゃん！」

〈佐藤零に２０９９０、由々式明に２６０３３、村西之博に１９３２０、松下左京に２０１１９、銀田一に１６０４０のダメージ！〉

「なんかそういうデータあるんですか？」

「だから、別の高校の彼氏が証人でしょ!?」

「庇って嘘を吐くに決まってるじゃないのよー!!」

「それ言ったらどうしようもないじゃん！」

　松下君は眼鏡をクイと上げ、核心に触れる。

「いけませんねぇ～未成年がお泊まりデートなど……最後にもう一つだけ、どこまで進んでいるのか気になりますねぇ……」

「「「――――!?」」」

〈佐藤零に５３２８、由々式明に５７３０、村西之博に３０９０、銀田一に５９００のダメージ〉

「は、はあ!?　どこまでって何を言って……!!」

「なんだろう。仮に貴方が証人の彼女というか、恋人というか、好きピというか、細君だった場合、共犯者の可能性があるんですよね。なので貴方がたが同時刻何していたか知りたいんですねはい」

村西君のまくしたてるような言葉に井浦さんは更に赤くなる。

「2人でゲームしてたし……」

「妙ですねぇ……若い男女がそんな時間にゲームなどと」

「別に変じゃないよね⁉」

〈井浦アヤに8050のダメージ〉

「なんだろう、虚言やめてもらっていいですか？」

「う、嘘なんて吐いてない……！」

「かけられるか⁉　ばっちゃんの命かけられるか⁉」

〈井浦アヤに16300のダメージ！〉

「銀田お前同じクラスだろうが‼」

〈井浦アヤに3454のダメージ〉

「じゃあ今から電話かけなさいよ。理由は話さずその時間に何してたかこの場で彼氏に聞きなさいよー‼」

「――――‼」

〈井浦アヤに302999のダメージ‼〉

ここで断れば容疑者としての疑惑が深まる。

そう思ったのか井浦さんは悩んでいたが、暫（しばら）くして俯（うつむ）き、ボソッと呟（つぶや）いた。

「……ちょっとだけ、イチャイチャしました……」

「何だろう本当に何だろう。お子さんの名前はもう決まりましたか？」

「もうやめて！（笑）」

〈井浦アヤに６３００８のダメージ!!〉

『井浦アヤ退場——冤罪（えんざい）につき、村西之博（ゆきひろ）退場』

その後、事件前日に井浦さんが学校を出ていく様子が複数の監視カメラから普通に見つかった。


井浦さんが犯人でないとは反応でなんとなくわかっていたが、冤罪でとどめを刺した村西君が退場してもバトルが終わらないということは、村西君も犯人ではなかったということだ。

「さて前座はこれまでにして本番に入りましょうか。今のでなんとなく傾向は絞れたわ」

由々式（ゆゆしき）さんが話しだす。

「今回、犯人側は自身になるべく矛先が向かないように立ち回る必要がある。話が盛り上がっているのをいいことに発言を控えてる連中がいるわね。今回のバトル、犯人を見つけるのが目的だけど、犯人だけは自身が犯人だと疑われずに３日を終えるのが目的。つまり極力ダメージを受けないように目立たない方が得策よね」

〈浅沼晋太郎に3070、小倉さくらに2048、足立瑞樹に1830、東雲翼に3466のダメージ〉

浅沼君は自信なく言う。

「俺はその時間は日課のランニングをしてたよ……。まだ証拠はないけど、もしかしたら学内の監視カメラに映ってるかも」

「小倉さんは？」

「私は部屋で勉強してたよ。同じクラスの渡辺さんと電話しながらだったけど、やっぱり証拠にはならないのかな」

「それは状況次第ね。次、足立さん」

「私は彼氏の車でドライブしてた。その日はＳＮＳでライブしてたし、私のフォロワー全員が証人かな」

「「──ちっ……くそが……」」

アリバイを証明しつつ自信満々にリア充アピする足立さんに僕らは反応しなかった。

井浦さんの時のように詰めれば彼女は間違いなくこちらのメンタルを削りにくる。

「最後、東雲さん」

「わ、私はその日は体調が悪かったので部屋にいました……証拠はないです……」

浅沼君はオリンピック陸上競技で銀賞を2回とったことのある浅沼啓治選手の息子さん。小倉さんは大手製薬会社の小倉薬品の娘さん。足立さんは最近頭角を現し始めている人気アイドルさんだ。

「ふうん……。じゃあ次は前提の話をしましょう。当然だけど今回の10人は最も怪しい人物がピックアップされている。男子5人は同じ階の住人。なら女子5人は？　通常ならマンションのエントランスすら通るのが大変な女子5人がなぜピックアップされているのか。これは見逃せない、忌々しき問題だと思うの」

「一般的に考えれば男子の犯行だけど、女子が含まれている限り可能性は捨てきれないよね。それも今回みたいに凶器もなく、監視カメラにも怪しい人物が映っていない不可解な事件なんだから」

「むしろ怪しいとも思えるわね。これが学園側のしょうもない揺さぶりでない限り。女子の方に注意するべき。……女子の方に注意……？　あー!!　男女で区別するなんて最低よ！　平等に調べなさいよー!!　ボディチェックにかこつけて、監査調査にかこつけて、私をくまなく、体の隅から隅まで調べなさいよー!!」

由々式さんが犯人じゃないのは間違いないだろう。

「な、なあ聞いてもいいかな」

「もちろん」

恐る恐る手を挙げる浅沼君に発言を促す。彼の発言は思いもよらないものだった。

「最近東雲さんをちょくちょく男子寮で見かけるんですけど、何してるんですか？」

「「「え？」」」

重なる声には東雲さんの声も含まれていた。

みながそれぞれ、疑うような、怯えるような目線で彼女を見る。

東雲さんが口を開くべきなのに、彼女は驚いてあたふたするばかりだったから、余計に疑惑の空気が広がった。

「わ、私、男子寮になんて行ってませんよ……！」

「う、嘘だ！　昨日も俺と廊下で会って、笑いかけてくれたじゃないですか！」

「何かの間違いです……！　私は昨日どころか暫く男子寮には行ってませんし、昨日は体調が悪くて一日部屋にいたんです……！」

「浅沼さん、何時にどのくらい、何があったか詳しい状況を聞かせてくれるかしら」

由々式さんが間に入る。

狼狽える東雲さんとは反対に、冷静さを取り戻した浅沼君は語りだした。

「詳しい状況ってほど話せることはないけど、ここ数週間で3回は見たんだ。最初は同じクラスの佐藤の部屋に行ってるのかと思ってたけど、俺が部屋に戻るタイミングで階段を下りていったり、部屋を出たと同時にエレベーターに乗り込んだり、タイミングがよすぎる上に頻度もおかしいなと思って……そしたらこんな事件が起こったから、もしかしてって」

「そ、そんな……！　絶対に見間違いです……！　私じゃない……！」

〈東雲翼に6298のダメージ〉

「まあ見間違いの可能性もあるしね。あとで監視カメラを見れば解決するよ」

「そうね。でも実を言うと、私も東雲さんに同じことを聞こうと思ってたの」

彼女が犯人だとは考えにくいが、仮に犯人だった場合でも僕が彼女を倒す必要がある。静なフリをして話題を逸らそうとするも、すぐに由々式さんが追撃に入った。

「私のクラスでも東雲さんの目撃情報が相次いでいたわ。場所は男子寮であったり校舎内であったり。ただ一致していたのはそれらが全て夜だったということ。これらの情報は事実かしら」

「じ、事実じゃありません……！　そんな時間にそんな所をうろついて何をするっていうんですか……」

「何をするのか、私たちは今それを考えているのよ」

〈東雲翼に4550のダメージ〉

〈東雲翼に6493のダメージ〉

〈東雲翼に7432のダメージ〉

　妙に冷静な由々式さんの言葉には重みがあった。東雲さんが返答に間を空けるたび、彼女の受けるダメージが増加していく。どうにかして話をすり替える必要があった。

「僕もいいかな浅沼君。先々週の放課後、部屋に入ろうとした僕とすれ違った時挨拶を無視して駆けていったけど、あの時は何を急いでいたの？」

「先々週の放課後……？　いったいなんのことだ……？」

「とぼけないでよ。いつもは頭くらい下げてくれるのに、あの日は随分急いでいたようだったじゃないか」

「いや待ってくれ、本当に記憶にない……！」

「なら思い出すまで待ってる。それともう一つ聞きたいんだけど、東雲さんを見かけたって大事な情報をなんで今まで黙ってたの？　もっと早く言ってくれればいいのに」

「それは、なかなか言いにくい雰囲気だったから……」

「妙ですねぇ。発言のタイミングなどいつでもありましたが」

〈浅沼晋太郎に2948のダメージ〉

　ここまで全てでっち上げである。ただあり得ない状況ではないし、撹乱するには十分だったようで浅沼君も自身の行動を思い返しているようだった。

「そもそもみんなは神木と親交はあったのか？　同じ階ってだけで俺は話したこともないし、

動機もないぜ。ばっちゃんの命をかけて本当だ」

銀田君が疑問を述べる。

「嘘か本当か調べようがないけど、僕はないよ。すれ違った時に少し挨拶するくらい」

「不細工ってだけでイケメンを恨むには十分な理由じゃない」

「君を殺してやろうか由々式さん……」

「あー怖い！　アニメの見すぎが人格に悪影響を与えてるのよ。脅迫罪で訴えるわよー!!」


Aクラス2人は当然面識があり接点も多いだろうが、村西君は無罪で由々式さんも可能性は薄い（ヒステリーを起こして殺人を犯す可能性はあるだろうが、事故に見せかけての犯罪という意味では難しいだろう）。

東雲さん、Bクラスの銀田君、Cクラスの松下君、Dクラスの浅沼君は接点なし。井浦さんは無罪で、Cクラスの足立さんは芸能界での接点があり、Dクラスの小倉さんは中学の友人ときた。

正直言って全く解決の糸口が見つからない。今回の討論で反応を見てある程度怪しい人物を絞り、そこから可能性のある犯行方法を見つければよいと思っていたが、みな意外と冷静で動揺を表に出さない。何か疑われるたびに少量ダメージを受ける程度で、核心を突いた質疑ができていないようだ。

『DAY1　討論終了まであと10分です』

このまま何も得られないまま1日を終えるわけにはいかない。僕はみんなにとある提案をすることにしてみた。

「ねえみんな、これから容疑者全員の部屋に別クラスの人間を招いて証拠がないか調査させない？」

「……まだ犯行の証拠を残しているとは考えにくいけど、やる価値はありそうね」

由々式(ゆゆしき)さんは頷(うなず)く。

「もちろん僕らは調査員が到着するまでこの椅子から動いちゃいけない。動いてもいいけど、その時は疑われると思って。犯人じゃないならいいよね？　みんな」

「「「…………」」」

同じマンション内だ。1、2分もあれば調査員を派遣できる。

頷いたみんなを見て、僕は各部屋に数人ずつ、怪しいものがないか人を派遣した。

――ピンポーン。

かくいう僕の部屋にもそれぞれのクラスから人がやってきたようで、インターホンが鳴った。

討論は残り2分。僕は全員に向かって言った。

「今日は犯人を見つけられなかったけど、今日の証言をもとに明日の調査に挑もう。討論が終わったと同時に仮想空間からログアウト。そこから1分以内に部屋の鍵を開けなかった人物はもちろん疑われるから、協力してね」

『DAY1　討論終了』

　みんなが頷いて暫く、目の前の空間が切り替わっていき、円卓が消えて校舎前のロビーに移った。僕はコンソールを外して自室の席を立つ。これからが本番だ。月並と苹果はもちろん、夜桜さんと響一にそれぞれドライアイスの件は伝えてあるから、何か手がかりを見つけられるといいのだが。

　僕は固まった肩を回しながら玄関へ向かう。

二重の鍵を開けるとそこには各クラスから派遣された生徒たちが硬い表情で立っていた。

「Aクラスの竜崎だ。佐藤の発言通り、部屋を調査しに来た」

「どうぞ。他のみんなも挨拶なんていいから好きに探して」

　お邪魔します。どかどかと入ってくる竜崎君みたいな人もいれば、そわそわと緊張した面持ちでゆっくり入ってくる生徒もいる。どちらにせよ彼らはみな素人だ。僕が犯人でないのは僕自身が一番知っているし、今は彼らよりも先ほどの討論の内容をまとめなければ。

「あった！　由々式の言う通りだ！　この証拠さえあれば佐藤を潰せる……！」

「――――!?」

証拠だと!?　竜崎君の声に思わず振り返り、すぐに部屋へと向かう。

「おいおい佐藤零、討論では聖人ぶっていたみたいだが、やはり貴様は黒だったか」

「な……！　いったいなんの話だ……!?　僕は殺人なんて何も――」

もしや、僕に濡れ衣を着せるため由々式さんが証拠をでっち上げたか……!?　迂闊だった。これは優劣比較決闘戦。僕より先に犯人を見つけるのも大事だが、僕に疑いの目を向けさせることで犯人を逃がし、結果的に僕を敗北させ退学へと追い込もうという――。

「見つけたぞ佐藤零のエロファイルウウウ!!」

「本当になんの話だー!!」

僕のパソコンを奪うと彼はどこからともなくロープを取り出し、バルコニーへのドアを開けて下へと降りていった。

「なーははは！　迂闊だったな佐藤零！　この証拠をばらまけばお前も社会的に終わりだー!!」

「や、やめ……やめろお!!（笑）」

火事場の馬鹿力というか、超人的身体能力を発揮した僕はなんとか彼の後を追いパソコンを奪い返したが、その様子を見ていた連中から、佐藤が神木の部屋にバルコニーから侵入した説が浮上した。

第三章　可愛くて困ったこと――男友達の彼女に嫌われる（笑）

1.

『インタラクティブなことに、Ｄクラス小倉（おぐら）さぁんの部屋からは未使用のドライアイスが複数個見つかりました』

各部屋にガサ入れをした夜、いつものメンバーでビデオ会議を開く。各々進捗（しんちょく）を聞くと苹果（じょぶず）からはそのような報告があった。

『指紋検証はどうだったんだ？』

『アグリー。オコタリウスの仰る通り、部屋の至るところに小倉さぁんの指紋が検出されました。これはもう、疑いようがないでしょう』

『山吹（やまぶき）さん。今回の件、実際にドライアイスで二酸化炭素中毒にすること自体は可能なのか？』

『一応可能かな。計算してみたんだ。二酸化炭素のモル質量は44グラムモル。部屋の体積が16.2で気温が6月平均より少し低い20℃と設定した場合、神木君の購入してた3キロのドライアイスを全て使い切れば室内の二酸化炭素濃度は基準をはるかに超える10万1182ppm。今回はちょうど意識喪失だから数値と症状が合致していい感じ。神木君の部屋は24時間換気が稼働してなかったし、調べたところこのマンションの気密性は0・95平方センチパー平方メートル。少量漏れても理論的にはいけると思う。むしろ生きてる可能性の方が低いね』

『ただ、その二酸化炭素をどのようにして吸わせたかが問題ですわね。そもそも神木様が大量のドライアイスを購入していると犯人が知ることはできるのでしょうか』

『しかし環奈様、３キロものドライアイスを個人が購入するでしょうか』

『アグリー。犯人が疑われないためにどうにかして神木氏に自ら購入するようそそのかしたのでしょうか』

『どれも現実味がないわね』

『『『うーん……』』』


再び手詰まりになる。あれだけ優秀な人間が集まっても難題なのだ、そんなものの解決策を僕から提示できるわけがない。それ以上に、根拠など一つもないが彼らの考えが間違っているような気がしてならないのだ。みなは数字を使って計算したり、現場に残る手がかりを使って考えたりしている。確かに二酸化炭素の濃度によっては人を即死させられるなど一般的には知られていないだろうし、血中二酸化炭素濃度もどうにかして元に戻せば証拠は残らない。

ただ、そのどうにかして、の部分があまりにフワフワと宙に浮きすぎている。

それに、たとえ未遂だとしても、相手の体に傷をつけずほとんどの証拠も残さず意識不明まで追いやった人間が学園内にいるのだとしたら大問題だ。将来テロでも起こしかねない危険な人物を放って、学園側がバトルにするとは思えない。

これは計算や法則などの型にはめて考えていい問題ではない。推理を放棄するメタ的な視点で考えすぎるのは危険だが、こんな簡単に結論づけられるものではないだろう。

『東雲翼（しののめつばさ）に注意せよ』

「————!!」

ふと学長の言葉が蘇（よみがえ）る。無数の針で肌を撫（な）でられたような、気色の悪い寒気が全身に走った。

吐き気。立ち眩（くら）み。不安感に焦燥（しょうそう）。

東雲さんが殺人犯。なんの根拠もない。僕の中に潜（ひそ）む無意識が、彼女を悪に仕立てようとしていた。彼女はそんなことをする人じゃない。

『現実から目を逸らすな。お前だって本当は疑ってるんだろ?』

急に頭を使って疲れたのだろう。

寒気と共に目の前には、考えすぎた時に現れる悪魔の姿があった。

呼吸をするのも精一杯で、悪い考えばかりが頭に浮かぶ。

思えば、前回の優劣比較決闘戦（マウンティングバトル）が終わって悪魔が現れた後も、こうして一気に体調が悪くなったのだ。やはり緊張とストレスが原因だろうか。

「ごめんみんな。ちょっと疲れたから外で風浴びてくるね」

僕はビデオ通話から一旦退出し背伸びをする。

外は少しだけ雨が降っており、頭を冷やすにはちょうどいい。

『素直になれよ。東雲翼（しののめつばさ）には裏がある。お前だけじゃない、みんな疑ってるんだよ』

悪魔が耳元で囁（ささや）く。正直言うと、少しだけ不安はある。容疑者の一人として挙がっていて、アリバイもない。何より浅沼（あさぬま）君が言っていた、連日男子寮で見かけたとの証言が気がかりだ。今まさに月並（つきなみ）たちが議論する、Dクラスの小倉（おぐら）さんが二酸化炭素で殺人を試みた犯人だと仮定すれば、浅沼君の証言が同じクラスの人間を勝たせるための虚言にも疑える。しかし、証拠がない。東雲さんが無罪だという証拠が。そりゃ少しくらい疑うだろう。だが疑ってどうする。

動機は？　犯行方法は？

友達だとか、彼女には難しいとか、そんなことは二の次だ。証拠がない。

『だが直感ではわかってるんだろ。これがありふれたトリックなんかで解決できる代物ではないと』

「じゃあどうしろってんだよ！　いっつも急に現れて、僕の頭の中を乱すようなこと言って！」

乱雑に玄関を開けると悪魔はもう消えていて、目の前にはただの廊下が広がっていた。当然だろう。あれは僕の注意力が散漫になった時に現れる幻覚。僕の奥底に眠る、人を疑う悪い心だ。少し歩く。中庭のために設けられた吹き抜けからはザーザーと雨が底に向かって落ちていき、対岸の部屋は薄ボケて見える。湿度が高くジメッとしていたが、時折雨と共に吹く風が全てを攫（さら）っていき、冷ややかで気持ちがよかった。

少しだけ気分が晴れる。急激な吐き気から解放された脱力感に、外廊下の柵にもたれて溜め息を吐（つ）いた。雨に濡れるのも気にせず。下を見ると丁寧に手入れされている中庭。落ちる雨。

顔を上げると、風が吹く。

雨のカーテンが揺れる。

「————」

そこに、人影が見えた。

「——東雲……さん……？」

亡霊のように彼女は透けていた。

雨粒の座標が変わるごとに、コンマ数ミリ、影はゆらゆらと位置を変えていく。

存在を感じさせないレースのような小女。

水に触れた瞬間消えてしまいそうだ。

僕はその人物の姿を確かに捕らえようと駆けだした。長方形の中央を切り抜いたマンションの廊下を、ぐるぐるぐるぐる、蜿蜒と。劇場のフィルムが回っていくように。

戯れているようだった、天使が暇を持て余し雨と共に舞う。叢雨はこの瞬間のためにあったのではないか。節奏を変えながら時折なる百篝。初夏の隙間に見え隠れする少女の蠱惑的な笑顔は、先までの悩みを忘却へと追いやり、この胸の高鳴りは全て彼女のためにあったのだと感じてしまうほど、想い憧るものだった。

「————!!」

雷が鳴り、視界が白で染まる。

世界に色が戻ってくると、そこにはもう彼女の姿はなかった。去り際すらも美しかった。

ふと我に返る。どれだけの時間そこに突っ立っていただろう。

僕は急いで部屋に戻りパソコンを確認する。

会議はもう既に終わっており、僕はすぐさま月並に電話をかけた。

『もしもし何か思いついたの？』

「ねえ僕が通話から抜けた後に東雲さんってどのくらい通話にいた!?」

『え……？　まあ2、3分かしら。ダーリンが抜けた後、私たちもすぐに解散したから』

「2、3分……?」

僕が通話を終えてから部屋を出るまでの間に、それだけの時間をかけただろうか。

いや、仮にかけていたとしても、彼女があそこにいる方がおかしい。

あれは間違いなく東雲さんだった。


東雲さんは、2人いる……?

『ねえダーリンそれがどうしたの? ダーリン?』

この話を誰にしたら信じてくれるだろうか。

いや信じてくれたとして、いったいなんの目的があって……。

雨脚が強まる。

嵐が迫ってきているようだった。

2.

次の日、クラスの議論は大混戦だった。話が進めば進むほど謎が謎を呼ぶ。

ふざけたことに、2人目の被害者が現れたのだ。

「2人目の被害者は2年の高柳玲奈だ。昨日の10時頃、神木と同じく悲鳴が聞こえたのち吐血した状態で部屋で倒れているのが見つかった。胃に2・5センチほどの裂傷。争った形跡はなく、毒物の検査にも引っかからなかったとさ」

先生が言うには現在は神木君と同じ鷺ノ宮（さぎのみや）の大学病院で治療中。

命に別状はなかったものの、もう少し発見が遅れていたら危険な状態だったらしい。

どちらにせよ、これで二酸化炭素中毒での犯行の線は薄くなった。吐血も神木君特有の病気や体質ではないようだし。

ゼロからやり直し。考えただけで頭が痛くなる。

実際、比喩ではなく昨日の夜から頭痛と吐き気が少しあった。

「これらを踏まえて調査を進めろ。犯行手口は同じだと我々は結論づけているが、何かの参考になるかもしれないから同様に現場を模した仮想空間を構築する。ＩＤを送っておくから各自入力して――」

「そんなこと言ってる場合ですか！」

「２人目の被害者が現れたんですよ!?　それも別学年に!!」

「２次被害は出ないって言ってたじゃないですか！」

氷室（ひむろ）先生の言葉を遮りみなが騒ぎだす。

「変更はない。高柳の件も神木の件も、犯人は同じで犯行方法も同じだ。俺らはすでに犯人を特定しているし、お前らに被害が及ぶことはない」

「でも最低限警察に届け出るくらいはしないと――」

「警察なんぞに解ける事件じゃねえよ」

氷室(ひむろ)先生は声を荒らげない。

だがイライラとした様子がハッキリと伝わってくる。

「いいか。俺らがなぜお前らにこんな課題を与えてると思う。お前らはな、そんじゃそこらの一般人とは違う、選ばれた存在なんだ。確かにこの事件は今のお前らには少し難しい。だが、俺らからすればどうってことない、しょーもない事件なんだよ」

怒りのこもった静かな声音に反論できる人は誰もいなかった。

「これを解けてこその絶対比較主義者(マウンテイスト)。そこら一般人との格の違いが測れる、絶好の機会なんだ。よって変更はない。むしろ、これだけの精鋭揃(ぞろ)いでいながら、なぜ2日も時間をかけている。月並(つきなみ)、夜桜(よざくら)、お前らはその程度だったのかよ」

「「――――!!」」

「他の奴らもそうだ。学年を代表するSクラスに入ったんだろ。ならそれなりの意地を見せてみろよ。無理だ無理だって試しもしないで屁理屈ばかり並べやがって。テストを受けないで満点取れる人間がどこにいるんだよ」

リーダーってのは、こういう人をいうのだろう。散らばる人たちを一瞬でまとめ上げる説得力。有無を言わさぬ威圧感。今の氷室先生は、彼を馬鹿にしてた自分を愚かだと思うくらい格好よかった。

「やれ。最後までやり抜け。答えが当たるまで答え続けろ。優劣比較決闘戦（マウンティングバトル）は精神の争い。プライドをかけて戦う人間たちがハナから及び腰でどうすんだよクソが」

先生はそれだけ言うと教壇から降りてドアへと向かった。

「勝てよお前ら。夏もすぐそこ。ということは、俺のボーナスもすぐそこだ」

負けたらカットということか。最後にピンと張りつめた空気を緩めていくのも、あの人の偉いところだと思う。緊張の高まっていた教室に少しだけ笑みが戻る。それを確認すると、先生は「じゃ」と言って教室を出ていった。

次第に教室内では議論が再開される。これを纏（まと）めるのが僕の役目だが、今は少し別なことを考えたかった。

「ごめん夜桜さん。少し出るから、クラスのみんなを纏めておいて」

彼女に耳打ちすると、夜桜さんは何か口にしようとしたが、すぐにそれを飲み込んで頷（うなず）いた。

「承知いたしました。何か考えがあるのでしたら、私はその邪魔などいたしません」

この人は本当に信頼できる友人だ。僕を信じて送り出してくれた夜桜さんを尻目に、月並と響一（きょういち）を捕まえる。

「ちょっと人のいないところで話そう」

２人は真面目な表情の僕に疑問を抱いたようだが、すぐに頷いて静かに僕の後に続いた。

3.

僕は頷きながら椅子に座る。

人気のない2号館3階の多目的室に入る。もちろん話すべきは東雲さんについてだった。

「当然、バトルの話でいいんだよな」

「東雲さんについて知りたいんだ」

「東雲さんについて……？」

「2人は僕より東雲さんと2人きりで話すことも多いだろうし、何か知ってるかなって」

「何かってのはなんなの？」

「具体的に言うと、お姉さんか妹とかがいるか知りたい」

質問の意図は問わずに2人は答えてくれた。

「大学生のお兄さんがいるとは聞いてるわね」

「同性はいないの？」

「聞いたことがないな」

「そっか……」

「それを知ってなんの役に立ちそうなわけ？」

昨夜見たことを話すべきか迷う。だが何か得られるものがあるかもしれない。僕は2人に昨日、男子寮で東雲さんを、もしくは東雲さんに似た誰かを目撃したと伝えた。

「……それは間違いなかったの……？」

「うん。あんなに可愛い人は東雲さんしかいないよ」

「そうなのね……判別方法に不安が残るところだけど」

「少し違ったのは、東雲さんらしくない笑顔をしていたことかな」

「東雲さんらしくない笑顔……？」

「自身に満ち溢れていたっていうか、おどおどしてなくて、凄く大人っぽかったんだ」

「翼だって『頑張ります……！』みたいな表情するじゃない。髪の毛も雨でそう見えたとかじゃないの？」

「そういう意を決したみたいな笑顔じゃなくて、なんて言うんだろう……月並みたいっていうか……」

「私みたいに!?　まあ確かに、私って可愛くて大人っぽい――」

「相手を煽るように、綺麗だけどウザったい笑みだったんだ」

「私そんな笑みしてないんですけど！」

「確かなんだな？」

「うん。間違いないよ。でもおかしいんだ。あの時間はビデオ会議が終了した直後で、すぐに抜け出したとしても女子寮から来られる距離じゃない。仮に本当に瞬間移動したとしても、あそこに東雲さんが来て、人を弄ぶように逃げ回って消えた理由がわからないんだ」

「「………」」

　2人とも見つめ合って黙ったままだった。なんと返せばいいのかわからないのだろう。当然。こんなの気がおかしくなった妄言そのものだ。だがこれは事実だし、2人も僕のことを否定など一切しなかった。

「もしそれが本当だとしたら、確かめる必要があるな」

「……それって」

「ああ。東雲さんを呼ぼう」

4.

「……繋がらないわね」

東雲さんに電話をかけるも一向に繋がらない。彼女を呼んで真実を話してもらおう。そう思っていたのだが、どうもすんなりとはいかないようだった。

「まあ今は議論中だし、気づいてないのかもしれないな」

「そうだね。僕らが教室に戻ろうか」

「ちょっと待って、夜桜環奈から着信があった」

響一と顔を見合わせる。なんとなくだが、悪い予感がしたのだ。

「もしもし。——ええ。うん。……なるほどね。——わかった。すぐに戻るわ。なんの解決にもならなそうだけど。アンタはその場を抑えておいて。とにかく翼と炎華だけは逃がさないで」

どうやら予感は的中したようで、会話の内容からどのような状態かなんとなく想像がついた。

「走るわよ。また炎華が好き勝手言ってるみたい」

「辻本さんか……」

纏まりつつあるクラスで露骨に僕らを嫌う陽キャのトップ。もともと仲のいい立花さんと、前回の優劣比較決闘戦で僕を裏切った大熊さんと清水さんを仲間に加えた4名で徒党を組んでいる。

「でも今回もそれなりにまともなことを言ってるらしくてね」

「……おおかた、僕の時と同じような感じかな」

「言い方が違うけどね」

とにかく急がなければ。僕らは教室を目指してダッシュした。

教室の雰囲気は最悪だった。

ウサギの胸に顔を埋め泣く東雲さん。対立するように教室の隅の椅子に腰かける辻本一派。どちらの味方をしていいのかわからずにいるクラスメイト。唯一クラスを纏めていた夜桜さんが中立の位置にいてくれたのが救いだった。

「……佐藤様方が戻られました。冷静に、公平に、話を進めましょう」

全員席には戻らず今いる位置のまま話が再開された。

「佐藤様方に説明しますと、先ほどまでは現場検証班と映像解析班に分かれて作業を行っておりました。その際に、とある映像——濁す時間は惜しいですわね……。翼と神木様が夜9時頃に共に歩く映像が確認できました」

「……日付と場所は？」

「日付けは6月2日。場所はショッピングモールわきの庭園広場にございます」

事件の1週間ほど前。それに2人きりで会話の内容はわからずか……。

「東雲さん、この日は神木君と何をしてたの？」

鼻を啜りながら首を横に振る東雲さん。

答えたくない彼女の代わりに、辻本さんが代弁してくれた。

「そいつは最初、声をかけられて寮まで帰っただけって言ってたんだ。でもよ、すぐに別のカメラで少し前の時間に飯に行ってる映像が確認できた。こいつはわかったうえで嘘を吐いたんだよ」

語気を強める辻本さんを刺激しないように頷き、再び東雲さんに声をかける。

「お願い東雲さん。この日、何があったのか教えて……？」

首を振る彼女はもうやけになっているようで、暫くの間小さく否定していた。

辻本さんはガマンできずに怒鳴る。

「もう何があったかはどうでもいいだろ。そいつが神木をヤったんだ。後は犯行方法を見つけてバトルで削ればウチらの勝ちだろ」

「まだこの子が神木君に手をかけたなんて証拠がないじゃない」

「嘘を吐いたのが証拠だろ！」

「私じゃありません……！　神木君とご飯は食べましたけど本当に何もなかったし、襲ってなんかもいないんです……!!」

「じゃあなんで嘘吐く必要があったんだよ！　Dクラスの浅沼もお前のこと男子寮で見たって言ってたし、確実に黒じゃねえか！」

「本当に知らないんです……！　私は男子寮に入ってなんかない……！」

小さくなる東雲さんを助けようと月並は割って入る。

「やめなさいよ炎華！　これじゃ翼だってまともに話せないじゃない！」

「じゃあいつになったら話してくれるんだよ翼ちゃんはよ！」

「落ち着きましょうみなさぁん。まずは冷静に、ワンスモア、マイルストーンを見直して」

「「無能は黙ってろ！」」

「アグリー」

せっかく夜桜さんが抑えていてくれたというのに月並が辻本さんに反論したのもあって再び

火がついてしまう。僕はウサギに声をかけて、東雲さんを保健室まで連れていくように頼んだ。

「響一と月並もついていってあげて」

「だーかーらー、なんでお前らはそんなに翼ちゃんに甘いんだよ！　どう考えてもあいつが犯人だろ!?」

「証拠がないし、時間はある。東雲さんが犯人の可能性はものすごく高いけど、もう少し確信に繋がるものを探そう。仮に彼女が犯人じゃなかった場合、Sクラス２人が同時に脱落だ。それは避けないといけない」

「んあ？　あー、まあ確かにそれはそうだな」

「僕も彼女が怪しいと思ってたところなんだ、見つけてくれてありがとう辻本さん。とりあえず、今日の15時までは引き続き証拠集めを継続しよう。もちろん、東雲さんの映像が見つかったのは他のクラスには内緒だよ。わかってるよね、大熊さん、清水さん」

「「――――!!」」

「ぎゃはは！　お前ら目つけられてやんの！」

　辻本さんが笑う。やはり彼女は単純な性格。否定されることが多い分、肯定に弱い。取り巻きの３人は辻本さんに意見はしなそうだし、他のみんなは僕と夜桜さんが落ち着いた様子を見せれば大丈夫だろう。

「じゃあみんな配置について。さっきまでの調査を続行。何かあれば夜桜さんに連絡ね」

東雲さんが白か黒かなど今の状況ではわからない。確かに彼女の言動にはおかしな点が複数あるが、まだ証拠は見つかっていないのだ。

僕は彼女を信じたい。きっとそれは月並も響一も同じはずだ。

5.

「東雲さん……」

保健室に入ると目を真っ赤にして泣く東雲さんと、それを見守る月並たちの姿があった。鼻を啜り時折震える東雲さんに月並は大丈夫よ、大丈夫よ、と優しく頭を撫でてあげている。

「佐藤君……私、本当に犯人じゃないんです……」

「わかってるよ。東雲さんがそんなことできる残酷な人じゃないって、みんな知ってる」

「いっつも迷惑ばかりかけてごめんなさい……」

「何言ってるのよ翼！　貴方は存在してるだけで私たちにプラスの価値しかないの！」

「そうだよ。常にマイナスの月並と僕らが一緒にいられるのも、いつも東雲さんがプラスで中和してくれるからなんだ」

「そうだ東雲さん。千里さんのマイナスはそこらのマイナスとはわけが違う」

「ずばりマイナス千にございます」

「ねえ今すごーく真面目な雰囲気だったじゃない。なんで急に裏切るの？」

「ありがとうございますみなさん……ありがとう千里……」

「ねえありがとうじゃないのよ翼。こっち向いて？　ねえ、ねえねえ」

再び泣きだす東雲さん。彼女は本当に優しく、脆い。

今にも崩れてしまいそうに繊細だが、僕には代表としての使命があった。

「東雲さん、最後にこれだけ聞かせて。東雲さんは昨日の夜9時ごろ、男子寮にいた？」

「え……？」

「ごめん。なんでもない」

不安げながらも驚いたように顔を上げた東雲さん。この澄んだ表情が偽物だったなら、悪魔は本当に存在するかもしれない。だが悪魔など存在しない。彼女は白だ。そうに決まってる。

仮にこれが演技だとしたら負けて退学になってもいい。僕は彼女を信じることに決めた。

「……私、不安だったんです」

彼女を守り抜くと心に決めると、東雲さんが語りだした。

「高校に入っても友達ができないんじゃないかって。私、嫌われ者だったから、中学まではずっと1人だったんです。1人でいる方が楽でいいなって思ってたんです」

東雲さんと初めて出会った時を思い出す。弱々しくて、他の生徒に一方的にやられていた彼女。あそこから僕らの関係は始まった。

「必死に我慢してみんなに合わせていた時もありました。でもたまに自分に負けそうになってしまうんです。全部投げ出して、私の悪い心に全部任せちゃえばいいやって。すぐに甘えちゃいそうになるんです……」

ごめんなさい。彼女は言った。

「今は1人にしてもらえますか……」

僕は返事ができなかった。ここで置いていっていいのか判断に迷ったのだ。

「……必ず、最後は逃げないって約束できるか」

声を上げたのは響一（きょういち）だった。

東雲さんは瞳を揺らしたままどこかを見つめ考えている。

響一はもう一度問うた。

「逃げないと約束できるのか」

「…………………はい」

それだけ聞くと、響一は振り返った。

彼は彼なりに考えがあるのだろう。そのまま保健室を後にした。

「ならいいんだ」

「翼がそう言うのなら、私も信じてるからね」

東雲さんは微かに頷いた。ような気がした。

ひとまず彼女の言う通り放っておくべきなのだろう。行くわよ、と月並に小声で腕を引っ張られ、ウサギも連れて保健室を後にした。

「その後、翼に関する有益な情報は見つかりませんでしたわ」

討論開始30分前。最後の調整に入る。

かくいう僕もその後、特段大きな収穫もなく、ただひたすらに時間を消費するだけだった。

東雲さんを信じるとは言ったものの、彼女がなぜ神木君との接点を隠したがっていたのかがわからない。そもそも僕が見たもう一人の東雲さんの正体がなんなのか。仮に真犯人が錯乱のために行った偽装工作だとして、突然現れ突然消えたトリックはなんだ。そもそも東雲さんが話さなかっただけで監視カメラの映像も偽翼が行っていたものなのではないか。それ以前にあの映像自体がハッキングされており偽の映像とすり替えられていたのではないか。根拠のない想像ばかりが頭の中をめぐる。自分の力不足を痛感させられた。

『代表8人の接続を確認しました。討論を開始します』

何も解決しないままDAY2の討論が始まる。今の僕にできることは東雲さんを含めて犯人の特定を先送りにし、明日の最終日まで議論を先延ばしにすることだった。

「始めようか。まず、皆の進捗(しんちょく)について確認しようか」

「おや、感心しないですねぇ～。1時間しかないのですから、もっと有意義な進行をしましょう」

Dクラスの松下(まつした)君が監視カメラの映像を共有する。案の上、東雲さんと神木君の密会の件だった。

「既にご存じのクラスもいるでしょうが、これは1週間ほど前の監視カメラの映像。見ての通り東雲さんが神木君とカフェに入っていく様子ですが、先日彼女は我々に神木君との接点はないと仰いました。東雲さん、我々に嘘(うそ)を吐(つ)いた意味を教えていただけますか？」

「……疑われると思ったからです……」

〈東雲翼に1394のダメージ〉

東雲さんは泣くほど話したくなかったはずの理由をあっさりと吐露する。

「なるほど。いえ別にね、貴方(あなた)を疑っているわけではないんですよ。寧(むし)ろ疑われたら平然としていればいい。精神的ダメージが計算されるこの戦いにおいて、苦労するのは犯人のみ。本当に身に覚えがないのであれば、疑われて恐れる必要はないのですから」

同じCクラスの足立(あだち)さんも頷いた。

「でも東雲さんの反応って犯人そのものだよね。いったい何にそんな怯えてるわけ？」

「…………」

「妙ですねえ。黙秘ですか」

〈東雲翼に４５６のダメージ〉

彼女には微量ながらもダメージが募っていく。明らかに様子のおかしい彼女だったが、すぐに東雲さんを責めたてようとする人物はいなかった。証拠もなければ、調査する猶予も後一日残っている。今日は参加メンバーの反応を見る一日にしようという考えは、彼らも僕と変わらないようだった。

「佐藤零、貴方はこれについてどう思ってるのよ」

と由々式さん。

「特に何も。神木君と食事をした時に何か変わった様子がなかったか尋ねたけど、残念ながら東雲さんも何も知らされてなかったみたいだし」

「なら東雲さんは嘘を吐いたということね」

〈東雲翼に３９７７のダメージ〉

言い捨てた彼女の言葉に東雲さんは反応せずともダメージを受けた。

「どうしてそう思うの？」

「佐藤零はＳクラスの代表で負けたら退学。仮に東雲さんが犯人だった場合、貴方は東雲さんを真っ先に倒す。知らなければ様子見で、東雲さんは嘘を吐く。仮に犯人じゃなかった場合、東雲さんは佐藤零に協力するはずだけど、昨日神木さんとの接点はないと嘘を吐いた。つまり彼女は犯人である可能性が高くて、佐藤零貴方にも嘘を吐いていることになるわ」

　僕は返事をしなかった。東雲さんがどう反応するか気になったからだ。

「2人揃ってだんまりね。東雲さん貴方、疑われてるのよ？」

　しかし彼女はダメージも受けず、静かに俯いたままだった。

　東雲さんはゆっくりと顔を上げる。

　生気を失った表情は、睨んでいるわけでもないのに痺れるような眼光だった。

「なら私を責めればいいじゃないですか。私を倒しても、負けるだけですけど」

「「「――――!!」」」

〈佐藤零に29737、由々式明に12484、銀田一に20938、足立瑞樹に9993、松下左京に21109、浅沼晋太郎に8823、小倉さくらに27927のダメージ〉

　蛇に睨まれた蛙のように、みな息を飲んで動かなくなった。

　東雲さんがこのような表情をする人だとは夢にも思わなかった。悪魔に取りつかれた殺人鬼の瞳。全ての人を恨むような冷たい眼差し。僕は思わずコンソールを外し現実世界に戻って振り返る。背後に気配を感じたからだ。

「…………」

だが、そこには誰もいなかった。

『「警告」佐藤零——許可のない途中退場。2回目以降、回数×10分討論への参加不可ペナルティ』

イヤホンから警告がなり僕はすぐに仮想空間へと戻る。何もいないのに思わず振り返ってしまうくらい、彼女の視線は僕の心臓を震え上がらせた。

由々式さんはなんとか続ける。

「今ので、私の中では2つに絞れたわ。東雲さんが犯人で嘘を吐いているか、佐藤零が犯人で東雲さんに嘘を吐かせているか」

「僕が犯人？」

〈佐藤零に1290のダメージ〉

「ふうんダメージは微量ね。犯人じゃないのか、平然を装っているのかハッキリしなさいよ」

「無論、僕は犯人なんかじゃない。話をするだけ時間の無駄さ」

「とは言っても佐藤君！　被害者と隣り合わせの部屋で、あれだけの悲鳴が響きながら様子を見に来なかった君は相当怪しいよ？」

「東雲さんが佐藤君に脅されて怯えてるって説も、納得いきそうだしね」

銀田君と足立さんの言葉に由々式さんは頷く。

「それに、東雲さんが犯人じゃなかった場合のことを考えると、昨日私たちに神木さんとの接点がないと嘘を吐いた東雲さんの言動の理由がつかない。貴方自身が犯人でないというのなら貴方は東雲さんを疑うはずだけど、その様子が見られない限り犯人である貴方が疑われないために、東雲さんに嘘を吐くように指示しているとしか考えられないわ」

「それ以前に僕と東雲さんだけに絞ってるのがおかしいよね。僕だって小倉さんが怪しいと思ってる」

「私？」

「神木君のネットショッピングの履歴に大量のドライアイスの注文と、神木君の部屋で小倉さんの指紋が見つかった。そして昨日向かわせたクラスメイトの話では小倉さんの部屋にも未使用のドライアイスが複数あったって聞いた。これが何なのか説明してよ」

「それは動画配信用のスモークだよ」

「スモーク？」

「春馬はネットで動画投稿もしてるんだけど、学生寮で動画を撮るから手伝ってって言われたんだ。で、登場時の演出用にスモークが欲しくてドライアイスを買ったんだけど、あいつ馬鹿だから買いすぎたって言って、私にも大量に押し付けたんだ」

証拠に、といって神木君の動画投稿アカウントを見せてもらう。確かに袖から登場する演出として霧のような白い煙が大量に発生していたし、投稿日時も違和感のないものだった。

由々式さんは彼女に問う。

「ちなみに小倉さん、貴方は第2被害者の高柳先輩と接点はある？」

「ないよ。春馬と仲がいいのは知ってたけど」

「妙ですねぇ。調べた限りだと噂に上るほど第2被害者と接点を持つ人物はこの中におらず。神木君を手にかけた後、なぜ彼女を襲ったのかがわかりません」


『DAY2　討論終了まであと10分です』


終了前のアナウンスが流れる。

どちらにせよ犯行方法もわかっていないので、今回は全員様子見で終わるようだった。

「東雲さん、最後に聞かせてもらっていいかしら。貴方は犯人じゃなくて、佐藤零に脅されているわけでもないのね？」

「……はい。誓えます」

「でも、嘘を吐いた理由を話すつもりはない」

「…………」

「わかったわ」

由々式さんは静かに頷いた。

『DAY2　討論終了』

最後は誰も話さぬままバトルが終了する。

僕はコンソールとイヤホンを投げ捨てるように取り、ベッドに身を投げた。

なんとか敗北は免れたけど、僕と東雲さんへの注目度は明らかに高い。当然だが僕は犯人ではない。彼女も自分が犯人じゃないと言っているし、それを信じたいところだが、実際のところ彼女の真意がわからない。仮に彼女が犯人じゃなかったとしても他の誰が犯人だ？　討論において攻撃的な由々式さんと松下君、足立さんは犯人でない動き方だが、それ自体がフェイクかもしれない。だからといって他の誰が犯人かなど見当もついていないし……。

「あーくそ！」

目を瞑る。考えすぎて頭が痛い。昨日の夜からの頭痛や吐き気は治るどころか激しさを増しているようだった。東雲さんが犯人だったらどうしよう。彼女が犯人でなくとも僕が犯人を見つけられなければどのみち退学だ。頭を空っぽにしようと思えば思うほど頭痛は酷くなる。

全く腹が立つ。同時に不安になる。何もかもうまくいかない。僕がクラスを纏めないといけないのに。生まれつき才能がない。努力もしなかった。友達も少ない。ダメだ。不幸だ。雨は樋を伝い流れる。排水溝にびしゃびしゃと恥ずかしげもなく。まるで僕のよう。無能。逃避。

ぐるぐる回って、側溝に流れる。暗くて、怖い、闇の奥へと、意識も雨も、消えていった。

＊　☾　＊

不安になって、嫌な感情と共に眠ってしまう。当然寝起きは最悪だ。まるで天と地が逆さになったように意識がふわふわして気持ちが悪い。

「………………」

てか、マジで空と地面逆になっててね？

「うわあああああああ――――!!」

ベッドから転がり落ちたわけではない。僕は今学園の校門前に落ちた。

さっきまで自室のベッドで寝ていたはずなのに、だ。

「ここどこだ……？」

学園なのには間違いない。が、空は紫色に染まり赤い月が2つ浮かんでいる。宙には大きな岩の塊がそこら中に浮いており、遠くの空には黒い渦のようなものがあるところもあった。

夢だと思いたかった。だが妙に意識がハッキリしており、体も自由に動く。

「いたた……」

強烈な頭痛と共に目覚めた。不安な夜はたまにネガティブになって、もしくは体調が悪くて

「ダーリン!」

月並の声が聞こえたと思ったら、彼女は次元のズレた先にいた。意味がわからないが、そのまま彼女は僕と違う次元におり、ミルフィーユ状に重なる次元の断層を境に上下逆転した位置へと存在している。

夢だと思いたかった。

「これは夢だ……! これは夢だ……! これは夢だ……!」

「落ち着いてダーリン……! 夢じゃないけど、私がついてるわ」

「月並がいるなんて夢だ……絶対に夢じゃなきゃ困るんだ……!!」

「こんな不安な場所でそれは酷いと思うの」

呆れながら月並がこちらへ向かってくる。しかし次の瞬間、

「月並!!」

断層の切れ目に足を乗せた月並は瞬く間に姿を消した。

「………」

どうかこれが夢であってほしい。僕は消えた月並の後を追うように、恐る恐るその断層に手を触れてみた。その瞬間、景色は一瞬でアリーナへと変わった。

「うわあああ!!」

「みゃ!!」

再び上下逆転しており、落ちた先には月並がいた。

彼女の上から退くと視線の先には夜桜さんとウサギ、苧果の姿もあった。

「みんな……！　これはいったいどういうことだ……？」

「何やら、常識ではありえないものに巻き込まれているのは間違いありませんわね」

「アグリー。まるでラビリンス。重力と次元がめちゃめちゃになった学園内でぇす」

「夢ってことはないんだよね」

「いやありえるだろう。夢は現実の感覚と同じくらい鮮明な時がある。私が現実で環奈様の脱ぎたておパンツに触れた時のぬくもりと、夢の中で触った脱ぎたておパンツの温度はほとんど同じだった」

「これ現実だよ。僕の中のクソウサギがこんなにリアル変態性を持っているわけがない。というか、現実じゃないと困る」

「右に同じく」

「ライトにアグリー」

「もー!!　もーもーもーもーもー!!　零世、あなた本当にぶち殺しますわよ!!」

「環奈様の叱咤なら喜んでああああああ!!」

言い終わるよりも先に夜桜さんのビンタがキモウサギの頬を叩き遥か彼方へ吹き飛ばした。

「でもおかしいのは明らかだよね」

「ええ。ベクトルが現実の飛び方じゃないもの」

「アグリー」

「それ以前に周りの景色がおかしいのに、なぜ誰もツッコミませんの!!」

仮にこれが夢だろうが現実だろうが、このままここで突っ立っているわけにはいかない。

僕らはアテのない出口を求めて彷徨（さまよ）い始めた。

数分歩くごとに景色が変わったが、どこも気味の悪いドロドロした空間に変わりはなかった。重力も現実と同じくらいの場所もあれば半分のところもあったし、逆に重すぎて眼球が飛び出しそうな場所もあった。現実のように木もあったし水もあった。ただ、どれも綺麗（きれい）とは言い難いオドロオドロしいものだった。

「あら？　あそこにいるのって……」

体育館の倉庫の中、跳び箱の中に広がる校庭の先にいたのはウルフカットの少女。

そして変態ウサギだった。

「明（あきら）ちゃんまでいるなんてね。これってどういう人選？」

「あー月並さん私を今ちゃんづけで呼んだわね!?　さんづけで呼びなさいよ。敬称で差別するんじゃないわよー!!」

「どうやら彼女も本物のようですわね」

「ああ環奈様！　またお会いできて私感激でございます！」

夜桜さんがクソウサギを殴り飛ばしてすぐ、僕らは再び歩きだす。

するとやがて校庭の真ん中にある黒い渦を見つけた。

それに触れるとワープして、今度はやたら高いところへと出た。


「ここは……」

男子寮マンションの最上階。学園の敷地が一望できるそこは展望台として利用されていたが、不可解な箇所が一つ。デッキの中央に3メートルはあるであろう紫色のクリスタルが聳え立っていたのだ。

そして傍には小さい少女の姿があった。

彼女も僕らと同じく謎の空間へ飛ばされていたようだ。

「東雲さ――」

「ダーリン危ない！」

月並に押し倒されると同時に耳元を何かが横切る。

掠めた右側頭部は体温が一気に上昇し、じんわりと温かい痛みを感じ始めた。

羽だ。

黒く硬化した羽が後方の岸壁に突き刺さり、ジュクジュクと周囲を溶かしていっている。

「東雲さんじゃない……誰だ……！」

『な、何を言っているんですか佐藤君……？　私は私ですよ……』

確かに見た目は東雲さんに瓜二つ。声も表情も彼女そのものだ。だが本当の東雲さんの背中には残念ながら翼は生えていない。それも彼女らしくない、どす黒い悪魔のような片翼。

「なるほどそういうことね……」

「何かわかったのか!?」

「噂には聞いておりましたがまさかこれが……」

「夜桜さんまで……！」

「うんうんアグリー」

「教えてくれみんな！　ここはどこで、彼女はいったい誰なんだ！」

月並が偽東雲さんを睨む。

「平衡感覚を失い時空が歪み、空が紫色の世界なんて非現実。まるで夢みたいだと思っていたけどアレを見て納得がいったわ。ここは精神世界。翼を中心に潜在意識で繋がった、精神世界よ！」

「その説明で僕が納得いくと思ったか？」

何がそういうことね……だ。

何ひとつ理解が追いつけないどころか、理解が僕を置き去りにしてどっか行っちまったよ。

「だから！　比較学者(マウントサイエンティスト)のマライト・マリアントが比較実験(マウントエクスペリメント)で見つけた優劣王国(マウントランド)よ！　私たち絶対比較主義者(マウンティスト)にはそれぞれ個別の比較精神(マウントマインド)があるでしょ？　それを強烈な優劣禁止(マウントバインド)することで比較不足(マウントディフィシエント)に陥るでしょ？　そうすることで比較精神にアクシデントが起きて正常な陰性比較粒子(マウントエファルジエント)が悪性比較粒子(マウントプレマリグナント)に変わってしまう。その結晶体が集まってできた世界がここ、精神世界なの！」

「あああああああくそ頭がおかしくなっちまいそうだよー!!」

「そして彼女は優劣波紋(マウント)。翼が作り出した、ストレスからくる幻影ね」

「優劣波紋!?　優劣波紋って……いつぞやの早乙女(さおとめ)さんと戦っていた時の優劣波紋!?　あれ冗談じゃなかったの!?」

「相手のストレスを最大限まで引き上げることで相手の精神に重大な支障をきたし、パワーを持ったヴィジョンとなるのが優劣波紋。そしてより強大な力を扱える絶対比較主義者のみが作り出せるのが、精神世界なの」

「誰か……マジで解説してくれ懇切丁寧にわかりやすく……！」

「アグリー。要は母体となる人物の優劣波紋が作り出した多大なストレスによって、ヴォくらは同時に母体のことを無意識に考えまぁす。マウンティングは精神で戦うバトルですが、精神は我々には感じ得ない第六感を用いて相手の情報をくみ取り、自身の感情に変えまぁす。それが潜在意識でぇす」

「脳は潜在意識からくる異なる周波数をシグナルにその感情がなんであるのかを判断いたします。いわば感情はチャンネルなのです。私たちが相手へ抱いた気持ち、その周波数が同じで繋がった時のことを直感と呼ぶのです。佐藤様も体験したことがあるでしょう。言葉にせずとも感覚を共有し、相手の言わんとしていることがわかる。潜在意識で発した感情が相手に伝わり、言葉や行動に起こさなくとも相手に何かしらの感情を与えてしまう。その良し悪しが偏っていた場合ストレス、つまりはマウントになるのです」

「………」

全くわからない。この3か月間、マウントについてかなり勉強したつもりだったし、実際35類型をすらすら言えるほどになったし、文法もそれなりに理解してきた。

だが、これだけはわからん。

ちょっと型を覚えただけで図に乗った僕が悪かったのかな。

なんかもう、マウントのことなんて一生理解できなくていいや。

「で結局、東雲さんの優劣波紋はなんであそこにいるわけ？」

黒翼さんが楽しそうに微笑む。いつも不安そうな東雲さんが非常に大人びた表情をしているだけでガラッと雰囲気が変わる。つまるところ、凄い可愛い。

だがみんなは臨戦態勢を取って彼女を睨んだままだ。

「そんなの決まってるじゃない」

「――――!!」

黒翼さんが動いた瞬間、僕以外の全員は四方八方へと跳び、散り散りにばらけた。

「私たちを倒すためよ」

「うわあああああ!!」

横殴りの吹雪のように黒い羽が無数に放たれる。

僕は月並に引っ張られて柱の後ろに連れていかれた。

『みなさん……どこに行ってしまったんですか……？』

黒い翼をもつ東雲さん――黒翼は不安そうな声を出しながら辺りを見渡す。見た目と声だけは親を捜す子猫のように儚げだったが、パンと手を叩き作り出したファンネルは眼球のデザインで、可愛さのかけらも感じられなかった。

「倒すって……仮に倒されたら現実の僕らはどうなっちゃうの……!?」

「ここは精神世界。優劣波紋によって精神を砕かれた人間は多大なストレスで鬱状態の廃人になる。最悪の場合死に至るわ」

怖すぎるだろ！

「もう現実味とか理屈とかどうでもいいからさ！　さっさと遠くに逃げようよ！」

「逃げ場なんてないわ。ここは翼（つばさ）が引きずり込んだ精神世界。初めに道を来たように、どこまで逃げても翼の考えた世界の中でしかないわ」

「じゃあどうするんだよ！」

「決まってるじゃない」

月並（つきなみ）は立ち上がると柱から身を出して黒翼さんの方へと駆けた。

「目には目を、歯には歯を。優劣波紋（マウント）には、優劣波紋を――」

そんな彼女の後ろには白髪の月並がいて、その拳からは光が溢（あふ）れ出していた。

「来なさい!!『月の白金（ルナプラチナ）』!!」

「使いこなしてるううう!!」

拳と拳がぶつかり合い火花が散る。鉄筋が千切れたような鈍い金属音と立っているのがやっとの衝撃派。無数に繰り出される拳のラッシュは僕の目には完全に追えるものではなかった。

展望デッキを破壊しながらぶつかり合う。嵐のように繰り出される月並のパンチは黒翼さんを後方へと押しやり、遂に次の瞬間、体勢を崩した黒翼さんの腕を掴（つか）んだ。

「今よ苹果（じょぶず）！」

「だだアァあああ～～～～～～ん」

「当たり前のように呼び出すなああ!!」

月並の呼び声と共に背後から影が現れる。どこからともなく現れた苹果似のそれは、手刀で黒翼さんの首元を狙った。黒翼さんは首を捻るとなんとかそれを避け、翼で受け止めた。

「苹果君……！　いったいどこから……！」

「ヴォくの優劣波紋は『Dirty Deeds Done Dit Consulting』

その名も『いとも当たり前のように始まる望まれないコンサルティング』。どこからともなく勝手にコンサルを行い、その場にいる全員のキャリアにアドバイスを行う能力を持ちまぁす」

「能力ざっこ!!」

『うっ……それは凄いストレスですね……!!』

「いや意外と効いてるっぽいぞ!?」

そうか！　彼女の本質は優劣波紋！　精神が具現化したものなら弱点はストレスなんだ！

「みんな！　畳みかけるわよ!!」

月並の声に反応して、それぞれ隠れていた場所から飛び出してきた。みな背後に自身に似た優劣波紋を当たり前のように引き連れており、最大限力を込めて攻撃力を高めていた。

「ブラックな翼様……環奈様を傷つけるのは許しません……！　全て私に、全力で、特にお尻のあたりへぶち込んでくださいませ……！　優劣波紋『ソフトM&ウェット』!!　与えられた精神的ダメージを吸収し、しつこく粘りつく」

「たとえ私の可愛い翼だろうと、私の上に立とうとするのであれば容赦は致しませんわ。優劣波紋『ザ　ワンダー　オブ　Y』!!　夜桜環奈に届こうとすると天罰を受ける」

「あーこれは傷害罪よ!!　突然私たちを閉じ込めて、逮捕監禁罪で訴えるわよー!!　優劣波紋『マジシャンレッド』!!　対象のＳＮＳアカウントを炎上させる」

「お前ら全員いつもと能力変わんないじゃねえか」

だがウザさは一級品。ストレスのこもった拳を食らえ！


『結局みなさん、私を嫌うんですね……』


「――――!!」

今の一瞬の間に驚くべきことが起こった。月並は月並、夜桜さんは夜桜さん、苹果は苹果と、それぞれの優劣波紋とさらに同じ姿をした優劣波紋が突如として出現し、鏡合わせで拳をぶつけていたのだ。

「これは――」

どういうことだ。そう思う間もなく理解した。あれが彼女の、東雲さんの能力。

『つ、翼を殴るなんてできない……』

『殴るなど、Ｍのプライドが許さない……！』

『こんなの拷問ですわ……！』

『ここで手を出したら私が炎上するわよー……！』

『うんうんアグリー……』

保護型の彼女は常に他者を味方につける能力を持っていた。彼女を傷つけるのは人としてどうなのかという良心と、彼女を敵に回したら他の連中が黙ってないという世間体。それらが彼女を守って拳が最後まで届かない。

『気がついちゃいましたか……』

唯一優劣波紋を持たない丸腰の僕に近づくと、黒翼さんは笑った。

『私の能力「ホワイトスネーク」はコピー。私を攻撃することに罪悪感を抱いている人であればあるほど、私に攻撃をするたびに自身のダメージへと変換するんです……』

僕は恐怖で何もできずに固まっていた。

すると黒翼さんは月並の元へと向かった。

『そして私のことを好きであればあるほど、私の能力は加速する』

黒翼さんは良心の呵責（かしゃく）で動けなくなった月並の優劣波紋に触れると、そのまま近づいてキスをした。

「な——!!」

彼女はそのまま月並の優劣波紋を抱き寄せる。胸と胸が密着し、目と目が合う。白金（プラチナ）に輝いていた月並の優劣波紋はいつの間にか黒いオーラを纏（まと）っており、東雲さんに力を吸い取られてしまったようだった。

「優劣波紋が……進化した……!?　月並を洗脳することで自身の仲間にしたのか……!!」

『千里と私ですか……そうですね。この力を『E―MOON』と名付けましょう』

『ちょ、アンタらこんなに可愛い翼に暴力とかありえないんですけど（笑）。まあみんなは私と違って翼とそんなに仲良くないから気を引きたくて虐めてるのかもしれないけど、翼の可愛さに釣り合うのは私くらいしかいないから隣にいれなくてある意味よかったと思う（笑）』

『E―MOONはマウントの向きを変える能力……私に攻撃をしようとした場合、千里が私を守ってくれる……』

「いやこれいつもの月並じゃね？」


というかこいつ、負けそうになって裏切ったわけではあるまいな。

月並本体は気を失って床に伏せているが、あれが東雲さんに操られている発言なのかは不明だ。

『さて佐藤君……次は貴方の番です……』

「――――!!」

僕は操られている月並の優劣波紋に腹部を殴られ視界が急転する。放たれた拳がロードローラーのように感じられた。やっと止まったと思ったら背中に激痛が走り、自分が反対側のガラス窓まで吹き飛ばされていたことに気がついた。意外と殴られた腹部は痛くない。どうやら本当に精神が具現化した存在のようで、優劣波紋の攻撃は優劣波紋にしか効果がないようだった。

「貴方も戦いなさいよー!!」

「そんなこと言ったってどうしようもないじゃん！」

「優劣波紋を出すのですボォス」

「無茶言うなよー!!」

窓に沿って一目散に駆ける。

月並のラッシュと東雲さんが放つ羽でガラスは次々に破壊されていった。

「この世界で自我を保っているということは絶対比較主義者（マウンティスト）の証！　佐藤様も必ず優劣波紋を扱えるはずでございます！」

「そんな……！」

悩んでいると、目の前にはいつも通り悪魔が現れた。

『いいから逃げちまおうぜ』

「あ、悪魔！　今は君にかまってる暇はないんだ……！」

「佐藤様その意気です！　そのまま心を落ち着け、優劣波紋を操作するのです！」

「落ち着いて夜桜（よざくら）さん！　僕に優劣波紋なんて使えないんだよ！」

「何を仰います！　今まさに目の前にいて、今も話していたではございませんか！」

「え？」

目の前にいる？

冷静に考える。僕の真ん前にいるのは小さく浮かぶ僕の顔をした悪魔だ。


「…………」

お前優劣波紋（マウント）だったのかよ!!


「いや確かにこの学園に入ってから現れるようになったけど、え、何これストレスで見える幻覚だと思ってたらストレスで見える優劣波紋だったの!?」

「何をわけのわからないことを仰います！　早くしないと月並（つきなみ）さんが！」

初めて聞くコンクリートの粉砕音は鼓膜を破りそうなほどだった。

月並波紋の攻撃が柱を破壊し、天井が崩れ落ちる。僕は潰（つぶ）されないよう必死に逃げ回った。

「もーなんなんだよ！　わけわかんないよ！」

「ええい貴様はいつも逃げてばかりだな佐藤零（さとうれい）！　貴様はいったい何者なんだ！」

「――――!!」

ウサギに怒鳴られハッとする。そうだ。逃げ回るのはやめたはずだ。自分で考え、自分で行動し、自分で選ぶ。ただ流されるだけの人生は終わりにして、戦うと決めたはずなんだ！

「……これは試練か」

受け入れよう。意味不明で理解不能。そんなの今さらじゃないか。

「過去に打ち勝てという試練と、僕は受け取った」

『やっと俺の言うこと聞く気になったのかよ』

目の前の悪魔が笑う。

『チカラガホシイカ？』

魔王サタンも、ずっとこのことを言っていたんだ。過去に打ち勝つ強い心。

『聞こえていますか。僕は未来の僕。僕の過去である今を頑張れば、未来の僕は明るいよ』

僕はこの学園の王になったんだ。

おいそれと、それもこんなわけのわからない空間で、その座を譲るわけにはいかない。

「キングクリムゾン!!」

3体が集結し、1つの姿となる。皆と同じく僕の優劣波紋も僕自身の姿をしていた。

月並の優劣波紋がすぐに体勢を立て直し襲いかかってくる。だがそこに、僕はもういない。

『――ダーリン……！　いったいどこに消えたの……！』

『どんな人間だろうと、一生のうちには浮き沈みがある。成功したり、失敗したり……』

『そんなわけない！　超完璧(かんぺき)美少女天使の月並千里(せんり)ちゃんに沈むことなんてないわ』

『最後の餞別代わりに教えてあげるよ。女の子なら絶対に沈む言葉を』

『面白いじゃない……受けて立つわよ』

月並波紋がニヤッと笑い仁王立ちになる。馬鹿め。お前のようなプライドの高い人間であるほど、気にしない言葉ではないというのに。

『「ブスはどれだけ痩せてもブス」……ええ？　そうだろう、月並……』

『――ぐはぁ……!!』

僕の優劣波紋が月並の優劣波紋を背後から貫いた。

『女の子は自分を可愛いと思っているだろう？　常に可愛くありたいと努力を続け、食事に気を使い、運動をして、保湿し、見た目に気を使い、化粧をする。仮に今可愛くなくとも、痩せれば、肌が綺麗になれば、化粧をすれば、髪型を変えれば私だって……そう思い、自分が可愛いと思い込んでいる人間が大勢いる』

『ち、違う……私は本当に可愛い――』

『違くない。ブスはどれだけ痩せてもブス。依然、変わりはない！』

『腐れ……外道……』

どれだけ自信があるやつだろうと、体重と体臭だけは自信がない。僕はこの学園に入って知った。どうやってもメンタルを折れない女子がいたら「脚太くなった……？」か「息くさ！」か「お前は痩せてもブスの顔」と唐突に言えば蹴散らせると。

月並の優劣波紋は消滅し、敵は黒翼のみになる。

「東雲さん……君の目的はなんなんだ……！」

黒翼さんは首を傾げる。

『目的……？　いったいなんの話ですか……？』

「とぼけないでよ！　こんな世界まで作り出して、僕らをどうするつもりだ！」

『それはこちらのセリフですよ……私の世界に勝手に入ってきて……』

「勝手に入ってきた……？」

この世界の原理原則は無視しても、翼さんが作り出した世界だという事実は変わりない。

しかし、勝手に入ってきたとはどういうことだ……？

「翼さん、君には隠していることが山ほどあるはずだ。神木君との関係性は？　あの日2人で何をしていたの？　隠すということは、何かしらの目的があるんでしょ」

彼女に聞いても意味がないことはわかっていた。なぜなら彼女は優劣波紋。使役者である東雲さん本人と話さなければ意味がない。

「翼さん、隠れてないで出てきてよ。君と話がしたいんだ！」

返事はない。代わりに聞こえてきたのは、黒翼さんのウザったい笑い声。

「……何がおかしい」

『君は本当に、私たちのことを知らないんだと思ってね』

遂に本性を現したのか彼女は性悪く笑い、敬語を捨てた。

『ここは精神世界。心の弱い人間は自我を保てず存在することができない。そこらに浮かぶクリスタルの結晶は、ストレスに負けて固まりマウントを取れなくなった弱者たちさ』

「なに……!?」

『心と心は繋がっている。私の世界に入ってきたのは、君たちが私のことで頭がいっぱいになったからさ。みんなそんなに私のことが好きなんだね。浅沼君なんてほとんど毎日、私のことを考えていた』

黒翼は近くにあった大きめのクリスタルを僕に投げてよこした。

『耳に添えてごらん。彼の心の声が聞こえる』

半信半疑、彼女の言われた通り耳に当てる。

するとと目の前には不思議な光景が映った。

『東雲さん、今日も可愛かったな……』

浅沼君はランニング中、ずっと彼女のことを考えていた。

『入学式で声をかけて以来話せてない……クラスも別々だし、そもそも1回話したくらいの俺のことなんて覚えてるかな……。Dクラスの俺がSクラスに行く用事なんてないし……』

どうやら浅沼君は東雲さんに一目惚れをしてしまったようだった。

以来、ずっと彼女のことが頭から離れない。

『下校の概念がないから帰り道にバッタリなんてこともないし……。あー話したい……東雲さんと話したい……！　東雲さん東雲さん東雲さん東雲さん……!!』

浅沼君がランニングを終了し男子寮まで戻ると、そこには待ち焦がれた東雲さんがいた。

『東雲さん!?　どうして男子寮に……』

見たところ誰かの部屋から出てきたばかりというわけでもない。

そう思っていると、彼女はこちらに向かい満面の笑みで手を振り、階段を下りていった。

『え、ちょ！　どこに行くの東雲さん！』

しかし彼女は見つからなかった。

『どういうことだ……？　なんで彼女が男子寮に……。なんで彼女が俺に手を……』

颯爽と消えた謎と同時に、彼女がこちらへ笑いかけてくれた喜びが浅沼君の心をいっぱいに埋め尽くした。そしてまたある日、浅沼君は東雲さんを見た。また別の日も見た。そのたびに彼女への思いは強くなり、同時に何もできない弱さに心は痛むばかりだった。

＊　☾　＊

「今のは……」

『その通り。全部浅沼(あさぬま)君の妄想。通常優劣波紋(わたし)は真の絶対比較主義者(マウンテイスト)にしか見えない。でも心が弱り、メンタルが崩れてきた人間が稀に私たち優劣波紋(マウント)を視認することがある。彼が私を男子寮で見たと言っていたのは、彼が私を望んだから。恋心という名のストレスに耐えられなかった彼は、私の世界に引き込まれた』

「じゃあ僕がこの世界にいるのも……」

『そう。私のことで頭がいっぱいだったから。身に覚えがあるでしょう？』

「確かに……。僕は寝る前に東雲(しののめ)さんが犯人なのかと考えて――」

『佐藤(さとう)君、私のこと大好きだもんね……♡』

うぜえええええええええええ!!

彼女が可愛(かわい)いのは学園の他の奴らと違って常識があり自分自身を主張しないからだ。

自分の可愛さに気がつき自慢するなど、他の女子どもと変わりない。

可愛いけどウザイ。ウザイけど可愛い!!

「東雲さんには失望したよ……今までの君は全部演技だったんだね……」

僕の言葉に彼女は悪戯に笑った。

『まだ何か勘違いしてるようだね。私は優劣波紋。人の奥底に住む、感情の一つさ』

「え……？　東雲さんの意思ではないの……？」

『違うよ。私の本体は、あ・そ・こ♡』

彼女は自身の奥にある巨大なクリスタルに目線をやった。

その頂点には、よく見るともう一人、本物の東雲さんが封印されていた。

「し、東雲さん!!」

「どうして彼女があそこに……」

『言ったでしょ。メンタルの弱い人間はストレスに耐え切れず、この世界での自我を保つことができない。たとえそれが私自身だろうと、自分の心にすら勝つことができない弱気な東雲翼はこの世界で一番御しやすい人間なんだ』

＊　☽　＊

自身の分身に封印される東雲さんの姿を見て、僕は彼女の言葉を思い出した。

『必死に我慢してみんなに合わせていた時もありました。でもたまに自分に負けそうになってしまうんです。全部投げ出して、私の悪い心に全部任せちゃえばいいやって。すぐに甘えちゃいそうになるんです……』

✵ ☾ ✵

「自分に負けそうになる……。君の目的はまさか……!!」

狼狽(ろうばい)する僕に対し、彼女は色っぽい笑みを浮かべた。

『そ。私の目的は、弱い私を支配すること』

「そんな……!! じゃあこのままじゃ東雲(しののめ)さんも月並(つきなみ)みたいな絶対比較主義者(マウンティスト)に……!?」

『どちらにせよ時間の問題だったんだ。食欲、睡眠欲、マウント欲。3大欲求とも呼ばれるマウントを取らずに生きていくなんて、人間には無理な話なんだよ』

「――――!!」

唐突に姿を消した黒翼(つばさ)に反応し臨戦態勢に入る。背後に気配を感じ、振り返る暇もなく僕は優劣波紋(マウント)で跳躍し彼女の拳を避けた。闇を纏(まと)った一撃が空間ごと削る。黒翼はすぐに僕の優劣波紋へと追いつきしがみついた。

「しまった——————！」

『「薄明光線(はくめいこうせん)」』

そのまま僕は地面へと叩(たた)きつけられた。

✵ ☾ ✵

『翼、今日みんなと一緒に遊ぶんだけど、貴方(あなた)もこない？』

『ご、ごめんなさい……やめておきます……』

『えーまたー？』

『たまには来なよー』

『翼って何か私たちのこと避けてない？』

『だって……だって……!!』

『『『だって……？』』』

『私といたら、みなさん私のことを引き立てちゃうじゃないですか！』

✵ ☾ ✵

『ぐはぁ――!!』

優劣波紋(マウント)が攻撃を受けた箇所に痛みが走り、思わず吐血してしまった。

なんだ今の光景は!!　パッとしない女子3人と東雲(しののめ)さんの会話。

時間帯や場所、シチュエーションが不明だが、凄(すご)くウザかった。

『私はね、好きで人との関わりを避けているんじゃないの』

黒翼(つばさ)は馬乗りになったまま拳を引き上げた。

「やめろ……やめて――」

『私といると、その女の子が引き立て役になっちゃって可哀想(かわいそう)だから、仕方なく人との関わりを避けているんだよ……』

「やめてくれええええ!!」

『「天姿国色(てんしこくしょく)」』

振り上げられた拳が、腹部へと振り下ろされる。

『東雲、俺と付き合ってくれないか!』

『ご、ごめんなさい……』

『どうして！　俺のことが嫌いなのか⁉』

『そうじゃないんです……でも……でも……‼』

『でも……？』

『モテすぎると、他の女の子に目をつけられちゃうから……‼』

☸

☾

☸

『ウゼエえええええええ‼』

大量の血しぶきが舞う。ストレスで心臓が跳ね上がり、息をするのも精いっぱいだった。

『どうしたの佐藤君。さっきまでの威勢はどうしたの？』

「やめてくれ……東雲さんは、そんなこと言わない、清くていい子なんだ……」

『確かに言わないよ。でも思ってる。だからこそ、私が生まれたんだ』

人の心には善と悪がある。その心を上手く使い分け、ストレスを発散することで人は破裂せずに自我を保っている。しかし東雲さんのように優しすぎて、適度にストレスを散らすことで怒りを制御できない人間は、自身の中に溜め込み、ジレンマに陥ってしまうんだ。

東雲（しののめ）さんは自分自身に負けてしまいそうになると言っていた。あれは本当だったんだ。ずっと、自分の心の奥底に眠る邪悪な感情と、他人を尊重する東雲さん本来の澄んだ感情。そのどちらもが鬩（せめ）ぎ合い、戦っていたんだ。だが彼女は外からのストレスに弱い。今回も学年全体から疑いの目を向けられて、自分ではないと訴えても信じてもらえずに黒翼（つばさ）が心を支配した。

『さて佐藤（さとう）君。そろそろお遊びも終わりだよ』

「――――!!」

黒翼が立ち上がるとそこらに浮かぶクリスタル、みなの無意識の塊が反応し光った。

紫に輝くそれは束となり、黒翼に吸収されていく。

「マウント力を吸い取っているのか……?」

『代表になるほどの実力を持つ佐藤君がなぜ私に手も足も出ないのか、理由がわかった?』

「――――天使!!」

ひらひらと手を振る彼女の右手には見たことのある小さな天使が1人。

幻覚だと思っていた僕の優劣波紋（マウント）の一部だ。

『そう。佐藤君は私を視認した時点で私に惚（ほ）れていた。佐藤君が先ほど完成させたキングクリムソンは力が一部足りていない状態。元から、私に勝てるわけがなかったんだよ』

「前の優劣比較決闘戦（マウンティングバトル）が終わった後の黒い影は君だったのか……!!」

『黒い影、か。なるほど、絶対比較主義者（マウンティスト）として半分覚醒を始めていた佐藤君は、私の姿を少しか認識することができなかったんだね』

黒い影に包まれた際、突然に襲われた吐き気や息切れ。あれはただの体調不良ではなく、絶対比較主義者として成長した僕が黒翼の発するストレスに耐えられず引き起こしたということか。ここ最近体調不良が続いていたのも気圧の変化なんて軟なものじゃなく、黒翼が僕の精神に影響を与えていたから……!?

僕は必死に体を動かそうとしたが重圧で動くことができなかった。

他のみんなも未だに硬直状態で、ただその様子を見ているしかなかった。

黒翼は集めたマウント力と、最後に僕の天使を吸収すると光り輝き始めた。

『私の能力は完成したようだ……「メイド・イン・エンジェル・オーバーヘブン」』

「や、やめろ——！」

『ストレスは加速し、人類は新たな進化を——』

『オールド・エクスペリエンス・レクイエム!!』

「…………」

気がつくと覚醒しかけていた黒翼は元に戻っており、僕も腹に突き刺さった羽が消え失せ傷もなくなっていた。壊れたはずの建物も復元され、立ち位置も初めて訪れた時の場所へ戻っている。

「これは……どういうことですの……？」

「みんな!!」

さらには動けなくなっていた仲間たちも無傷で目の前に立ち尽くしており、状況を把握できずにいる。

「これはどういうことだ!!」

悔しそうな叫び声に僕らは再び正面を向いた。

東雲さんが封印されたクリスタルの下には、先ほどと同じく覚醒前の黒翼が立っていた。

『時間が巻き戻った……!?　いったい何が――』

『これが、レクイエム……だ』

「『オコタン!!』」

クリスタルの頂点に立っていたのは、響一に似た優劣波紋だった。

「響一!!　いつの間に!!」

『どうして響一君が……!!　絶対比較主義者として完成していない貴方は、この精神世界で自我を保っていられないはず……!!』

突然現れた響一は黒翼にとっても想定外だったようで、時間を巻き戻され傷も位置も元通りにされた彼女は驚きの表情を見せていた。

「なるほどそういうことね……！」

時間が巻き戻り復活した月並(つきなみ)が息を飲んだ。

「説明してくれ月並、今度こそ懇切丁寧にしっかりとわかりやすく噛(か)み砕いて……!!」

「翼の優劣波紋は私たちのように自身の意思で操る近距離型と違い、マウント自身が人格を持つ独立型優劣波紋(インディペンデントマウント)と呼ばれるの。存在自体は知っていたけど、どのようにしてあれを作り出すのかがわからなかった。でも、あの2人には共通点がある。自分から人にストレスを与えるつもりがないことよ」

時間が巻き戻り意識を取り戻した月並は興奮しながら言った。

「2人は私たちと違ってまだマウントの扱いに長(た)けていない。でも潜在能力は私たちと互角、いや、それ以上の才能を持つ。自身で操れないほど強大な力が暴走し、今の姿になった。翼の意識がないのも、オコタンの姿がないのも、彼らはまだ精神世界に耐えうる力を発揮できていないから。でも、その奥底に眠る絶対比較主義者としての才能を抑えきれず、マウントがひとりでに動くようになったのね」

『このことは、俺を操る尾古(おこ)響一ですら知ることはない』

「『なるほどそういうことか……』」

「どういうことだ!!　いっつもみんなして僕を置いていきやがって……!!」

合っているのかわからないが、天然で、無意識にマウントを取ってしまう才能が具現化してこの世界に存在しているということだろうか。短くしても意味がわからん。

『無意識で私の世界に出てきちゃうなんて、響一君、そんなに私のこと気になってるんだね♡』

人の動体視力では捉えられない。黒翼は超人的な身体能力で地面を蹴ると、瞬きも許さない速さで響一の前へと出た。そのまま強烈なパンチを繰り出したが、響一の優劣波紋はいとも容易く手のひらで受け止めた。

あれだけ挑発的な笑みを浮かべられたのにもかかわらず、彼の心は一切ブレていない。

むしろ、響一に手を握られた黒翼の顔の方が赤くなっていて、握られた拳からは血が滴り落ちていた。

『東雲さんのことが気になっている？　むしろ逆だろう』

「『――――!!』」

『君が俺の世界に入ってきたんだ』

一瞬の間に闇の世界は真っ白い世界へと変わり、そこらに浮いていたクリスタルは消えた。

封印されていた東雲さんは氷解したクリスタルから解放され、地面に落ちる。月並と夜桜さんは急いで彼女の元へと走っていった。

『ここが、響一君の世界……そんな……！』

僕らが東雲さんの精神世界に引きずり込まれたのは、彼女のことを強く考えていたから。つまり、東雲さんが響一の世界に引きずり込まれたということは、彼女が響一のことを強く思っていたからで――。

『東雲さん、君はいつの間に俺を下の名前で呼ぶようになっていたんだ？』

『え!!　あ、いや、その……違くって……!!』

至近距離でストレスを受けて黒翼は左肩ごと腕を吹き飛ばされる。にもかかわらず、彼女は赤く染めた顔を見られまいと顔を背けるのに必死でそれどころではないようだった。

『東雲さん、俺には伝わってくる。本当は君は、自分が可愛くてよかったと思っているんだろ？』

『――――！　違う！　私は本当に――』

「――――はい。私だって本当は、何もかも知っているんです……」

「『――――!!』」

聞こえてきたのは東雲さんの声。

優劣波紋ではない、本物の東雲さんの声だ。

『私！　ここは私に任せておけば――』

「それじゃあ意味がないんです……！　一時的に他人を遠ざけても、環境が変わるたびにまた同じ結末に辿り着くだけ……！　それは貴方が一番よく知っているでしょう……!?　変わらないといけないんだよ、私……」

　彼女の優劣波紋は東雲さんの言葉を激しく否定した。

『いやだ……！　どうせまた嫌われる……！　なんで……なんで私が私の一番の理解者じゃないの!!』

「わかってますよ……！　でも仕方ないんです！　私は生まれつき人より可愛く生まれちゃったんですから……！　誰も悪くない……確かに私は容姿のよさで疎まれてきました……でも、自分にないものを羨むのは私も一緒でしょ……!?　顔は可愛いけど髪の毛パサパサで可愛さ半減してるからモテなすぎて羨ましいなとか、可愛いけど肌が荒れてて減点されてるから羨ましいな、とか思うじゃないですか……。それと同じように他の人たちも、可愛くて欠点のない私を羨むのは当然のことなんです……！　でも、そんな自分自身と向き合っていくしかないんです……！」

『なら神様を恨むよ……！　おんなじ人間なのにどうしてこんなに私だけ特別扱いするの……!?　どうして私だけ可愛がるの……!?　おんなじ材料で作ってるんだったら、おんなじよ

うに……みんなも、私みたいに可愛(かわい)くしてあげてよ……!!』

東雲(しののめ)さんの優劣波紋(マウント)は上空に飛び、そこら中に攻撃をぶちまけた。

『本当は私だって！　私が可愛いことくらい知ってるよ……！　女の子だから可愛く生まれてよかったとも思ってる……。でも、それを肯定したら嫌味になっちゃう……！　だから嘘吐(うそつ)いて、自分を裏切ってまで私は可愛くないって思い込んでるのに……私は本気で、みんなより可愛すぎる自分に悩んでるのに、みんなして無神経に私を可愛い可愛いって……！　それが余計に私が嫌われる原因になってるってなんで気がつかないの……!?　勝手に私の世界にまで入ってきて、私の幻覚まで見るようになって……私、持ち前の性格のよさで何とか人気を保ってるけど、それがまた仇(あだ)になって、あいつばかりもてはやされてるって、不相応な承認欲求を持つ人たちから嫌われる原因になる……。もうわからない……私どうすればいいのかわからないよお……!!』

「「「………」」」

泣きだす東雲さんの優劣波紋に僕らは唖然(あぜん)とした。

なんとか月並(つきなみ)が言葉を見つけ、苦笑いしながら声をかける。

「だ、大丈夫よ翼(つばさ)……！　翼も可愛いけど、それ以上に可愛い千里(せんり)ちゃんがいるから貴方(あなた)が嫌われることはないわ！」

『千里は確かに可愛いよ……私よりもずっと……』

「でしょでしょ!?　だから——」

『でもだめだよ……千里は性格が悪いから、結局私の引き立て役になっちゃう……』

「きゃあああああああああああああああ!!」

月並が飛んできた羽の弾幕にぶち当たり血を吐いて倒れる。

『私だって、もっと性格が悪く生まれたかった……！　千里みたいに、もっと人でなしに生まれたかった……!!　そうしたらこんな悩みからも解放されて、もっと楽に生きられるのに……』

泣く黒翼を東雲さんは優しく諭す。

「そんな言い方しちゃダメだよ私。私が悪いんだ……私の性格がよすぎるから……」

「死体蹴り（げ）りやめてあげて」

本気で悩んでいるのだろう。彼女は一向に泣き続けた。

『本当だよ私の馬鹿!!　なんで私はこんなに……こんなに……!!』

そして、雪解け水のように澄んだ涙を零して一言。

『——優しくて、素直で、清くて、一途なの……？』

「『「………」』」

どうしよう。そろそろ殴りたくなってきた……。

「ご安心ください翼。貴方には私がおります。容姿性格共に優れた私が」

夜桜さんが胸に手を当てながら前に出る。自信満々の彼女に黒翼は嬉しそうに頷いた。

『確かに……！　環奈は胸と身長だけ大きくなれば完璧だもんね……!!』

「なに言ってるんですか私……環奈はすでに身長も胸も大きいですよ……!!」

「────（ぐっ……）」

『もー!!　もーもーもーもーもーもー!!　もー!!』

夜桜さん本人は舌を噛み締めなんとか怒りを踏みとどまったが、感情で形成されている優劣波紋は感情に素直に黒翼を殴りに行った。

『だめ……暴力はだめ……！　私の魅力に負けないでください……!!』

『『────（ぐっ……！）』』

デタラメに放つ攻撃がそれぞれのメンタルを削り、みなの優劣波紋がダメージを負っていく。

彼女の言う通りだ。神様、どうして同じ人間なのに、ここまで差が出るものなのですか。

神様、まだ月並の方が可愛いや。謙遜も度が過ぎるとここまで歪で、不気味な気持ちになるのですね。

『東雲さん、君はずっと一人で悩んでいたんだね。茶化しはしない。君のことを教えてくれ』

響一の優劣波紋の言葉に黒翼は力なくその場に座り込み、首を振る。

代わりに東雲さんが語りだした。

「私は、子供の頃から何をせずともチヤホヤされていたんです……。『翼は可愛い』『翼だけは特別』。そう言ってくれるみんなが私は大好きでした。でも、大人になるにつれてそう上手くはいかなくなりました。思春期を迎えた男女は恋をします。美里ちゃんは雄介君を、早紀ちゃんは斗真君を、萌香ちゃんは勇樹君を……でも、彼女たちの好きな人はみんな……」

『……東雲さんを好きだったんだね』

彼女は落ち込むように笑った。

「はい……。それだけじゃありません。学年の違う後輩、学校の違う先輩、ひいては大人たちまで、私を一目見ようと、私と仲良くなろうと近づいてきました」

今の状況と全く同じだ。どうにかして東雲さんと知り合いになろうと、僕に話しかけてくる連中もいるくらい、彼女は人気者だ。

「神木君もその一人でした。入学式が終わってからというもの、何かと理由をつけて私に話しかけてきました……実を言うと、告白も何度もされていました。でも……」

『女子から睨まれてしまう』

「そうです……昔からそうでした。私にその気がなくとも、いつか同性から嫌われてしまう。全国的に人気のある神木君と付き合ってるなんて噂が広まったら、この学園はおろか、ファンの人たちからも嫌われちゃうじゃないですか……」

だから彼女は神木君とご飯に言った事実をみなに隠していたのか。

たとえ殺人犯として疑われる可能性があったとしても。

響一の優劣波紋はその話を聞くと、何かを思い出すように遠くを見つめた。

『俺も昔、同じような体験をしたよ』

「『えっ……』」

東雲さんと黒翼が驚いたように小さく声を上げた。

『モテすぎて嫌われる。小学生の時はそれこそ顕著だったよ。俺は何もしていないのに女好きだと揶揄されて、一時期男子全員から嫌われてた。でも俺の場合は大人になるにつれて仲間外れはなくなった』

「男の子は女の子と違って陰湿じゃないですからね……」

『それもあるが、これは他のみんなも知っているだろう』

響一の言葉にみな頷いた。

「そうね……私もモテすぎて悩んでいた時期があったわ」

「誰しもが通る道ですわね……」

「アグリー。全く困ったものでぇす」

「恋とは恐ろしき病にございます……」

「ルッキズム蔓延る世界は是正しないと。モテすぎる私は犯罪者よー!!」

「おい後ろ3人は絶対そんな経験してないだろ」

「どうすれば……可愛すぎる私はいったいどうすればいいんですか……!?」

東雲さんは心の底から答えを知りたがっているようだった。

「やっぱり、嫌われるしかないんでしょうか……」

響一は、首を横に振った。

『レクイエムを捧げるんだ』

「『レクイエム……？』」

キョトンとする東雲さんに、響一は寄り添った。

『天使が死者を楽園へ導く。楽園に着いた死者は殉教者に迎えられ、永遠の安息を得られるように、祈るんだ』

「…………？」

『天使になれ。東雲さん。死者は、天使を追いかけ楽園へと向かう』

意味のわからないことを言う響一。その言葉に、月並がなぞらえた。

「マウントってね、嫉妬なのよ。あの人を羨ましいと思って成長していく。みんな貴方の可愛さが羨ましいのよ」

「嫌われているって意味ですよね……？」

「違いますわ。貴方様のことを、目標にしているのです。自分にない翼の可愛さ、純粋無垢な心。それを羨み、悔しがり、自分もまた翼のようになろうと努力する。しかし人はプライドの高い生き物だから、相手を、翼を馬鹿にすることで羨ましいという気持ちを悟られないようにしているのです」

「本当は私を嫌っているのではなく、私のようになりたいだけ……？」

『そうだ東雲さん。俺たちは見本にならなければならない。だからこそ祈るんだ。彼らが、俺たちみたいになれるまで』

黒翼もいつの間にか泣き止んでおり、懇願するように言った。

『私は今後も、可愛くていいの……？』

翼さんは頷き、彼女を抱きしめた。

「いいんですって。私、まだ可愛くいていいんですって……」

『でも申し訳ないよ……可愛くないみんなに申し訳ないよ……!!』

「みんなきっと追いついてきますよ……私の可愛さに……私たちまだ子供ですもん……これから大人になるにつれて成長していって、化粧も覚えて垢ぬけて、それなりに可愛くなって私のことなんて気にしなくなりますよ……」

黒翼は首を横に振った。

『でも怖い……！　私は化粧もしてない……寝癖も直してない……肌の手入れもしていない……それなのにモテちゃうんだもん……私も大人になるにつれてもっと可愛くなって、もっと嫌われちゃうんだ……!!』

東雲さんは黒翼の頭を撫（な）で、笑いかけた。

「その時は、一緒に謝りましょう」

「——————」

「可愛すぎて、ごめんなさいって……」

『——————!!』

「東雲さんの優劣波紋（マウント）が消えていく……!!」

「翼の心が、翼の奥底に眠る負の感情に勝ったのね」

黒翼は東雲さんに触れられているところから羽となって綻（ほころ）びていく。

「頑張りましょう、私……」

『ありがとう、私……』

彼女は涙を最後に残し儚（はかな）く消えていった。

それと同時に白の世界も崩壊していく。

「翼とオコタンの精神が安定し、意識がまとまりつつあるのね。その意識から外された私たちも、いずれこの世界から追い出されるわ」

「あまりに唐突な出来事でしたけど、これで翼も、強く成長しましたわね」

この世界は、誰しもの心の中にある。潜在意識の奥底で、他者からの視線や言葉を受けて、傷ついたり、悩んだりして形成されていく。たまに人はそれを夢と呼んだり、直感と呼んだりするけれど、人は心の深層で無意識に自分自身と戦い、成長しているんだ。

今日は記念日だ。新たな彼女が生まれた日。

己の過去に打ち勝ち、他者からのマウントを受け入れて強くなった彼女。

「私は、私であるしかないんですね……時間はかかりそうだけど、ずっと祈って待ってます」

彼女はいつも通り悲し気に、諦めたように笑った。

「みなさんが、それなりになれるまで」

「…………」

ハッピーバースデー。

化け物。

第四章 幸せすぎてごめんなさい(笑)

1.

目覚めは最悪だった。

台風が来ているらしく外は暴風に大雨。

寝返りを打てなかったのか体中が固まり、寝汗で寝具がびしょびしょだ。

「夢じゃないんだよな……」

精神世界とか呼ばれる謎の空間で月並(つきなみ)たちと意識を共有した。内容だけ見ればどう考えても夢だし、意識もぼんやりしていて現実だったのか怪しい。今すぐ事実を確認しなければ。

「――え!!」

そう思ったが僕は時刻を見てベッドから飛び起きた。

時刻は午後1時54分。遅刻どころじゃない。大遅刻だ。

僕は急いでパソコンを立ち上げ仮想空間にアクセスする。今日は優劣比較決闘戦(マウンティングバトル)の最終日。今日までに犯人を当てなければならないというのに、なんの証拠も見つけられていない。わけのわからない夢に魘(うな)されている場合ではないのだ。

「ご、ごめんみんな……！　遅れた……!!」

部屋で現場検証を行っていた人たちと、僕の代わりに指揮をとっていてくれた様子の響一(きょういち)が急いで僕の元へと駆けてきた。

「こんな日に何をしているんだ零(れい)……！」

「ほ、本当にごめん……!!　今はどんな状況……!?」

「残念ながら確証らしい証拠は見つけられていない。それどころか、千里(せんり)さんや夜桜(よざくら)さん、白兎(しろう)に苹果(じょぶず)他、クラスの大多数が遅刻していて、何も話が進んじゃいない」

「ほ、他のみんなも……!?」

そんな偶然あるだろうか。いや、ない。あれは全部本当だったんだ。

しかし、無意識で繋(つな)がっていた響一はそんなこととつゆ知らず、一人頭を抱えた。

「他のクラスがどうかわからないが、今回ばかりは本当にまずいぞ。このまま証拠が見つからず犯人がわからなければ、最悪当てずっぽうで犯人を当てる必要がある」

これだけ捜索して凶器なし。毒性検査も引っかからず、監視カメラも掻(か)い潜(くぐ)った殺人未遂犯を、あと数時間の推理で暴けるわけがない。僕は絶望した。僕、東雲(しののめ)さん、脱落した井浦(いうら)さんと村西(むらにし)君を除いて6分の1の確率。この中から適当に犯人を当てて、さらには犯行方法の説明までしないといけないなんて不可能だ。

「とにかく、まだ時間はあるんだ。俺はもう一度、第2被害者の部屋を見てくる。諦めずに最後まで考えよう」

それだけ言うと響一は颯爽と姿を消した。

呆然としていると、僕のログインを確認してか、着信があった。月並だ。

「もしもし」

『おはようダーリン。昨日の夜は刺激的な体験だったわね』

「それってもしかして、精神世界のことか……？」

『それ以外何があるのよ』

「本当に夢じゃなかったの……!?」

『何もかもが現実よ。私たちは無意識の中で意識を共有した。その証拠に、ストレス耐性のない人間はなかなか目覚めるのが遅かったみたいね』

「……？　遅刻はあれが原因だっていうのか？」

『その通り。あろうことか私も、1時間の遅刻をしてしまったわ』

1時間の遅刻ならいいじゃないか。そうも思ったが、何時間寝すごしたかなどどうでもいい。何時間寝てようが、何時間推理しようが、犯人を当てた人間の勝ちなのだから。

『それよりもダーリン。今から貴方の部屋に行くから開けてね』

「……どうして僕の部屋に？」

電話越しだったが、月並がニヤリと笑うのがハッキリと見えた。

『犯人がわかったのよ』

「――――!?　それは本当なのか!?」

『ええ。ダーリンの命に加えて、オコタンと苹果の命もかけられるわ』

「勝手にかけるな」

しかし、シャーロックホームズですら解けなそうな難解な事件を、彼女は本当に解いてしまったというのだろうか。

「お願いだ月並……僕にその犯行方法を教えてくれ……!!」

――ピンポーン。

懇願すると同時に呼び鈴が鳴った。

マンションのオートロックではなく、僕の部屋の前まで来て鳴らす呼び鈴の音だ。

「――どちらさまですか？」

「今の貴方には少し難解すぎる事件よ」

「月並!!」

電話を切る。どうやってここまで入ってきたのか。そう思いながらドアを開けると、月並の隣に苹果もいた。苹果の部屋で何か調査を行い、そのまま僕のところまで来た、といったところだろう。

「月並……！　本当に犯人がわかったのか!?」

「ええ。ばっちり証拠も、動機も、全て押さえたわ」

感動で涙が溢れそうになる。本当にこの女は、どうしてこうも有能が過ぎるのだ。

「教えてくれ月並……犯人はどうやって2人を手にかけたんだ……！」

彼女は首を横に振った。

「言った通り、今の貴方にはまだ難しい問題だったわ。教えても理解できず、上手く説明できないと思う」

だから。

「貴方には少しの間だけ、眠っていてもらうわ」

月並はニッコリ笑うと、苹果から何かを受け取った。

「月並、苹果、そのショットガンみたいなものは何……？」

「アグリー。これは『麻酔銃型鈍器』。一時的に対象を眠らせる道具でぇす」

「お前それ、ただの鈍器――!!」

「おやすみ、ダーリン♡」

ゴン!!

逃げようと振り返ると同時に、後頭部へ激しい痛みが走る。

僕の意識はその瞬間に途切れた。

2.

『代表８人の接続を確認しました。討論を開始します』

「――――」

激しい頭痛と共に、意識がまばらに覚醒を始める。

点滅する視界の先にはパソコンがあって、僕はどうやら椅子に座っているようだった。

「それでみなさん……私が犯人だという証拠は見つかりましたか……」

何か強く芯のこもった東雲さんの声。どうやら討論が始まっているようだった。

「見つからなかったが、君が一番怪しいのに変わりはないんだ！　論より証拠を――」

「銀田さん。彼女はいいのよ。たぶん犯人じゃないわ」

「由々式さんともあろう方が妙ですねぇ。昨日まであれほど疑っていたではないですか」

「事情が変わったのよ。証拠はないけど、彼女は犯人じゃない」

「妙ですねぇ」

「さてはＳクラスとＡクラスで共謀しているな!?」

「なわけないじゃない！　適当言ってると名誉棄損で訴えるわよー!!」

銀田君と松下君が由々式さんを問い詰める。

どうやらみんな、犯人を確証へと導くものは見つけられていないようだった。

「静まれ下民ども」

…………？

そこに割って入ったのは聞き覚えのある声……というか、馴染みのある声。

まるで15年寄り添ってきた自分の声のようだった。

「王が述べる。囀るな」

…………。

ていうかこれ僕の声じゃねえか！

「――――!!」

意識がハッキリとしてきてわかった。今僕は椅子に縛られている。口には猿轡が嵌められ、まるで拷問中のようだった。なんとか逃れようと暴れ狂う。

「――――!!」

隣に座っていた月並が僕に向かって「しーっ!!」と静かにするよう促し、苹果がパソコンの前で身振り手振り、表情を変えながら動いている。どうやら僕のパソコンでアカウントだけ僕のものを使い、動きと表情は苹果、声だけは『超！　ネクタイ型変声機』で月並が話すようだった。

「題して、眠りの大五郎作戦でぇす」

「妙ですねぇ。眠りの大五郎作戦とは、どのような意味でしょうか」

「静かにして苹果……!!」

勝手に言葉を発し苹果が月並に叩かれる。それに合わせて画面内の僕のアバターも大きく揺れて、他のクラスメイトたちは不思議そうに僕を見つめた。

月並がなんとかフォローに入る。

「貴様らに発言権は与えられていない。何度も言わせるな下民ども。寝ているかのように平和ボケした貴様らのことを揶揄したのがわからんのか」

「下民どもですって⁉　あーこれは民主主義の終焉よ。格差社会の結末よー!!」

「妙ですねぇ。佐藤君はこの事件、解決したというのですか」

「なら聞かせてもらおうじゃないか！」

「よかろう」

みなが僕（の声で話す月並）に反発する。

というか、そのキャラはなんだ!!

響一といい僕といい、月並の中でどんなイメージになっているのか、大仰な態度のまま話し始めた。

「今回の事件、わかっていないことが２つあった。１つは侵入方法。夜中の10時に侵入して、争うこともなく神木君を意識不明の重体に。後日同じくなんの痕跡も残さぬまま高柳先輩まで手にかけた」

その通り。神木君は犯人と対峙し悲鳴を上げたにもかかわらずなんの抵抗もせずにベッドの上で倒れていた。何か方法があったとしても、1人だけでなく高柳という人まで証拠を残さずに手にかけるなどどんなトリックなのだ。

「そして2つ目は凶器。被害者の状態は2人とも出血多量によるショック症状。それにもかかわらず、2人には目立った外傷がなくあったのは胃の裂傷による吐血のみ。剃刀を飲ませて内部をいじくるなんてアイデアはおろか、薬物による現実的な方法も該当しない。さて、犯人はいったいどうやって2人を手にかけたのか……」

「わかりきってることを説明するんじゃないわよー!!」

「妙ですねぇ。時間稼ぎは絶対に許せません」

〈由々式明に2740、松下左京に3211のダメージ〉

せっかちな2人にダメージが入る。

「仕方がない。結論から言おうか」

月並は僕の声で溜め息を吐く。

結論を待つみんなは唾を飲み込む。

「犯人はＤクラスの足立瑞樹さん。君だ!!」

「「「――――!!」」」

〈足立瑞樹に１３９９９のダメージ〉

月並の発言に全員が一斉に彼女の方を向く。

ダメージを見る限り、彼女は相当に動揺しているようだった。

「は……はっ……!? 私が犯人？ デタラメ言わないでよ。私にはアリバイがある。その時間は彼氏と一緒にドライブに行って、その光景をライブ中継していたの。私が犯行に及ぶ暇なんてなかったわ！」

月並はかけていない眼鏡をクイッと上げた。

「その通り。君には数万人の証人がいる。ただそれは『一般人的な視点で見れば』ね」

「――――!?」

「僕らはずっと勘違いしていたんだ。どうやって証拠を残さずに部屋に侵入するか。どうやって傷をつけずに殺人を試みたのか。そんな一般的な視点が、今回の事件を複雑にした。僕らはただの一般人じゃない。絶対比較主義者としての視点が必要だったんだ」

月並は続ける。

「今回の２人には大きな共通点があった。それはどちらもベッド上で気を失っていたこと。まるで就寝前のリラックス中に、死神にでも襲われたかのように倒れていたんだ」

犯行現場の様子が目の前に投影される。確かに神木君は仰向けで、高柳先輩はうつ伏せでベッドに横たわっていた。

「それがなんだっていうの？」

結論から話さないからか、足立さんがイライラした声で問う。実際、この状況から何か殺人のヒントが見つかるとは思えなかった。

「見てわからないかな。２人はどちらも、襲われる寸前にスマホを見ていたんだ」

「「「………？」」」

月並の言う通り、２人の傍にはそれぞれスマホが落ちている。

「だからなんだって言うんだ……？　スマホに気を取られていたにしても、外傷がない限り殺人については証明のしようがないんじゃ？」

「まさかスマホが凶器です、なんて言わないよね」

浅沼君と小倉さんの言葉に月並は驚きの返答をした。

「そのまさか。スマホが今回のキーになってくるんだ」

〈浅沼晋太郎に３４２４、小倉さくらに１４２０、足立瑞樹に１３２０４、松下左京に３４

９５、銀田一に４２８０、由々式明に８２０３、東雲翼に２３０９のダメージ〉

「スマホが凶器ってどういうことだ……?」

浅沼君の言う通り、わけがわからない。

殴るにしても、呪いのビデオを見せたにしても、どちらも現実味がなさすぎる。

「正しく言うと、スマホは凶器生成のためのツールでしかない。本物の凶器は、その中にある」

月並が２人のスマホの中を投影する。画面にはどちらも、自身の思い出を写真として投稿するＳＮＳ『フライスグラム』略してフラグラが映っていた。

〈由々式明に１０９３０、足立瑞樹に１９８２０、銀田一に９８４２のダメージ〉

突然ダメージを受けた面子を見て、月並は笑った。

「察しの良い連中は気がついたみたいだね。そう、フラグラは自己承認欲求の化け物が集う掃き溜めのような空間。ここは世界有数のセレブ１％と、それを真似して成功者に見せる９％、その成功者に騙されて黒歴史を作る90％で形成された魔境、ファンタジーでいうところのレベル９９９の化け物どもが住まう巣窟だ」

酷い偏見に塗れた説明はおいておいて、それが何だというのか。

そう思っていると、月並は恐ろしい事実を告げた。

「今回の殺人は『ＳＮＳを使って』行われた『マウント殺人』だ」

「「────!?」」

〈由々式明に１８７５３、足立瑞樹に３７６３０、銀田一に９８３７のダメージ、浅沼晋太郎に３４２４、小倉さくらに４９８４、松下左京に２９８７、東雲翼に１０３８のダメージ〉

……………?

いや、マウント殺人ってなに?

「足立さんはＳＮＳを用いて幸せマウントを行い、被害者に急性ストレス反応を引き起こした。それだけじゃない。加害者は被害者に対し日常的に幸せマウントを行い、慢性的な胃腸疾患や心疾患などを起こさせていた。急性幸せ中毒で精神がやられた被害者は急激に胃粘膜出血を発症、吐血し死の一歩手前まで追いやられた。そして２人目の被害者には個別にメッセージを送りつけ殺害を試みた。当日ＳＮＳの更新を行い、被害者２人に幸せマウントを取れたのはこの場でただ１人……足立瑞樹さん、君しかいないんだよ!!」

「────な!」

〈足立瑞樹に２３０９４８のダメージ〉

衝撃の答えにみな黙ったまま足立さんを見つめる。

重い沈黙に耐えかねて、足立さんはやっと口を開いた。

「犯行方法がそうだとして、私がやったという証拠にはならないよね。アカウントの乗っ取りなんていくらでもあり得る。私のアカウントを使ってこの場にいる他の人間が送った可能性だって否定できない！」

「確かにそれは可能だ。でも、動機がない」

「それは私だって一緒じゃん！　私だって、２人を殺す理由なんて――」

「あるんだよ。君には動機も、証拠もね！」

「うそ……！」

月並はみなに神木君のスマホを提示した。それは僕らが見つけた2台目のスマホ。

複数の女性と関係を持つ、神木君の動かぬ浮気写真だ。

「この中に足立さんと神木君のツーショットを複数見つけた」

「………」

「付き合ってたんだろ？　２人は……」

「……あはは……そうだよ、私がやった……」

「「「――――!?」」」

とうとう自白した足立さんの言葉に、全員が騒めいた。

「全部あいつが……神木が悪いんだ……！」

足立さんは目玉が飛び出そうなほどに瞳孔が開き、心を悪魔に乗っ取られたような形相で語りだした。

「デート代は割り勘、道路側を歩こうとしない、荷物を持とうとしない、挙げ句の果てに連絡も1時間に1回しか返してこない……！　些細なケンカの繰り返しで、私の怒りは少しずつ積み重なっていった。前までは私をダシにして芸能界に縋りつく三流俳優だったくせに……人気が出始めた途端他の女に手を出すようになって、私はもう用なしだと言わんばかりに捨てやがって……!!　最後はケンカ中にハンガーを投げつけられた……!!　あの時、絶対に殺すと誓った!!　かつて愛した女が、他の男にいいようにされている姿を見て、絶望するようにねえ！　あはははははははははははははははははははははははははははははははは!!」

狂ったように笑い続ける足立さんを、僕らはただ悲しく見守るしかなかった。

彼女が笑い終え、一粒の涙を流した時、月並は問うた。

「実際には、どのように犯行をもくろんだんだ……？」

「簡単だよ。私が年上彼氏の胸に抱かれている写真を送り付けるだけでいい」

「元カレ、元カノの心理を利用したマウントってわけか……」

最後にもう一つ。月並は続けた。

「高柳先輩まで襲った理由はなんだったんだ。捜査を攪乱させるためか？」

「そんなしょうもない理由じゃない。あいつがマウントを取ってきたんだ。貴方みたいな三流女優に神木は釣り合わないわ、ってね。だから元カノマウントを使って殺そうとしたんだ。私の方が彼を知っている。あー神木はハンバーグにはホワイトソースだよね、そんなことも知らないんだ（笑）ってね」

〈足立瑞樹に９９９９のダメージ!!〉

『足立瑞樹——犯人。ＷＩＮＮＥＲ——佐藤零』


「私の負けだよ名探偵……」

「……最後に教えてくれ。マウントを殺人の道具にして、心は晴れたかい」


「…………」

足立さんは悲しそうに俯いた。

するとスピーカーの奥から何やらどたどたと物音が聞こえてくる。

『マウント特殊警察だ！　足立瑞樹、お前を違法マウント所持罪とマウント致死未遂、およびマウント恐喝罪で逮捕する！』

足立さんの周囲を警察が取り巻き、彼女を押さえ込んでいく。彼女は全くの無抵抗だった。

「足立さん、これだけは覚えておいて――」

彼女は警察によって連行されていく。


「マウントは、殺人のための道具じゃない」

あたりめえだろ。


「…………」

振り返った足立さんは泣いていた。

「やり直せるかな……私、やり直せるかなぁ……!!」

「きっとやり直せるよ。僕らがマウントを裏切らない限り、マウントは僕らを裏切らない」

そのまま足立さんは連行されていった。

「……これで、一件落着ね……」

「うんうん……アグリー……」

きっと彼女はやり直せる。人は過ちを犯す生き物だから。

台風はいつの間にか過ぎ去っており、東の雲の切れ間からは輝かしい太陽が覗いていた。

月並と苹果も足立さんに釣られて号泣していた。

「…………」


いやだから、マウント殺人ってなに。

3.

その後、ことの顛末を月並から聞いた。

あの殺人方法は元から気がついていたものではなく、東雲さんの精神世界に引きずり込まれて思いついたものだそうな。確かに以前僕も月並の精神攻撃に血を吐いたことが多々あったが、まさかこんな納得のいかない理由だったとは……。

マウント社会に常識を求めてはいけないと再認識させられる。

「でも問題はオコタンよね」

朝のホームルーム前。月並は座る椅子を揺らしながら、自席で本を読む響一を睨んだ。

「翼がオコタンの精神世界に引きずり込まれたってことは、翼がオコタンを無意識に強く望んでいたってことだもの。そして黒翼のあの赤面……」

「それはつまり……」

自覚しているかはともかく、心の奥底で東雲さんは響一のことを——。


「「——!!」」

僕と月並は頷き、席を立って響一の元へと向かった。

月並は彼の読んでいた本を奪い机を叩いた。

「お母さんの目が黒いうちは、翼を好き勝手なんかさせないからね！　ねえお父さん!?」

「その通り。ウチの翼には指一本触れさせせん」

「…………」

呆れて言葉も出ない。そんな反応を見せる響一に月並は掴みかかった。

「まあ無視!?　オコタン無視なの!?　オコ!?　今日イチ怒!?」

「やはりこんな男にウチの翼はやれないね。こんなアニメオタク——うげえ!!」

そこまで言うと響一に鳩尾パンチを食らい胃液が一気に逆流した。

「アニメオタク？　オコタンそれって——」

「おい大丈夫か零。吐きそうならトイレに行った方がいいぞ」

食いつきかけた月並(つきなみ)を無視するように響一(きょういち)は僕の首根っこを掴(つか)みトイレへと促す。

「なあ零(れい)。さっきから何を言っているんだ。夜桜(よざくら)さんも東雲(しののめ)さんは渡さないとか、わけのわからないことを言っていたぞ」

「そりゃあ東雲さんはみんなの天使だからな！　独り占めは許さん！」

「……頭を冷やしてこい」

無理やり廊下に捨てられたが、彼の言う通りちゃんとトイレへ行った方がよさそうだ。吐き気が凄(すご)い。しかし、響一の反応を見る限り、彼は精神世界のことを覚えていないようだった。それは東雲さんも同様で、２人はマウントの潜在能力が高いだけで真の絶対比較主義者(マウンティスト)としては覚醒していないからだろう。

あのイカれた事実を共有できないのは残念だが、まあそれはそれでいいか。あんな世界、知らない方が幸せだ。

「あ……」

廊下を進みトイレへと向かっていると、東雲さんが向こうからやってきた。いつも通りどことなく不安げな表情だ。

「おはよう、東雲さん」

「あ……おはようございます佐藤(さとう)君……！　昨日はお疲れさまでした」

「お疲れ。体調の方は大丈夫？」

「はい！　もう万全です……！　しっかり寝ましたから……！」

「というより、神木君のこととか。ちゃんとお断りしたの？」

「……バレてたんですね」

彼女は苦笑いした。

神木君に告白されたことに彼女はもの凄く悩んでいたようだった。やはり人気者に好かれるというのは重圧が凄いし、月並と付き合っていると噂が流れた僕も他の男子からは睨まれた経験があるので気持ちはわかる。

「神木さんには丁重にお断りしました。それでも俺は諦めない！　って凄んでましたけど……」

彼も懲りない奴だ。もとはといえば彼の女好きがもとになった事件だったというのに。

「今回も本当に迷惑をおかけしました……私が神木君との関係を隠さなければ、もっと佐藤君の思うように話を進められたのに……」

「大丈夫だよ。人気者はつらいね」

『まあ実際、可愛すぎると困るよね（笑）』

「――――!!」

途端、東雲さんが悪い笑みを見せた。

「黒翼！　お前、いなくなったんじゃ……！」

「――黒翼？　わ、私のことですか……？」

「あ、あれ……？」

気のせいだろうか。目の前にはキョトンとあどけない顔をした東雲さんしかいない。

僕は適当に誤魔化した。

「な、なんでもないよこっちの話……」

「？」

彼女の心が生んだストレスが優劣波紋となったということは、彼女の中から黒翼が消えることはないのだろうか。どちらにせよ響一と同じく彼女もあの出来事を覚えてない様子だった。

「あ、早くしないとホームルームの時間ですね……！」

「本当だ。僕トイレに行ってくるから、先に行ってて」

「はい……！」

彼女は楽しそうに笑うと駆け足で教室へと去っていった。曇りのない笑顔を見せる限り、彼女の中でもある程度、自分の存在について決着がついたのだろう。

ひとまず解決した、ということでいいだろう。

というか、そういうことにしてください神様。

願っていると、今度は奥から氷室先生が歩いてきた。

「おーっす佐藤」

「おはようございます。すみません、ちょっとトイレに行ってきていいですか」

「いいぞ。あと、そのまま学長室に向かってくれ。ホームルームは出なくていい」

「学長室に？」

「ああ。今回の報告をしてほしいとさ」

結局、これも全部学長の予想通りだったということか。僕は溜め息を吐き、仕方なく頷いた。

「学長は初めから知っていたんですか」

学長に呼び出され今回の出来事を報告する。というのも、過去にも東雲さんと同じく強大なマウント力を操れない生徒が数十年に一度現れ学校を大混乱に陥れたことがあったのだとか。かつてはマウント力を熱エネルギーに変換し超先進的な科学力を用いていた文明もあったくらいに、マウント力は世界の存亡に関わる重要なエネルギーらしいが、それ以上聞くと馬鹿になると思い思考を放棄した。

「当然だ。でなければ貴様らに任せなどはしないさ」

「なら最初っから学長が対処してくださいよ……」

「馬鹿を言うな。東雲翼は自己肯定感の低い人間だ。私が説教してもなんの意味もなさない。マイナス思考の言葉に同調してこそ、彼女の才能は初めて開花するのだ」

「才能の開花ねぇ……」

確かに、恐ろしいくらいに真っ直ぐで純白だったが……。

「それに、一流の絶対比較主義者であるならばこの程度のトリックを見破ってもらわなければ最後まで誰もわかってませんでしたけどね……。正直、途中までの議論で東雲さんが犯人なのかと疑わざるをえませんでした」

「愚者は己の浅はかな考えを全ての者に語る。二流の絶対比較主義者は的外れな答えを自信満々に語るものさ」

「氷室先生が警察には解けない事件って言ってましたけど、まさにその通りでした。それに学長の言っていた悪魔の意味もわかりましたよ。確かに彼女は天使だけど、悪魔です」

「そうだろう」

「自分を悪だと思っていない人間にどうやってマウントをとるのか。自分の可愛さを知りながらも月並のように主張せず、むしろ可愛くない人を本気で憐れむ東雲さんみたいな人をどうやって倒すか。これは確かに、今後の課題になりそうですよ」

「そうだろうそうだろう」

満足げに頷く学長。

「今後も東雲翼については要注意で観察してくれ。なんにせよ、よく抑え込んでくれたよ。貴様も無事絶対比較主義者として優劣波紋を扱えるようになったみたいだしな」

残念ながら、僕は絶対比較主義者として覚醒してしまったようだった。今まで見えなかったものが見えるようになってきたし、人の感情に敏感になってきている。だが、あまり深くかかわりたいと思えなかったので見ないことにした。見ようとしなければ見えない。それが優劣波紋だ。

「まあ今回は貴様に頼りすぎたとは思っているよ。これは詫びの品だ。ゆっくり羽を伸ばしてくるといい」

「羽を伸ばす？」

学長から渡されたのは何かチケットが入った封筒。

僕が首を傾げると、学長は苦笑いした。

「学生でこれを待ち望んでない人間がいるとはな。梅雨も明け、期末までもう数週間だ」

「――――!!」

思い出した。

もうすぐ、夏休みが始まるんだ!!

終章　マウントを極めし者は危機的状況でもポジティブ

「青い空！　白い雲！　輝く太陽！」

水着姿の月並(つきなみ)が砂浜を走りながら大はしゃぎ。

大自然に囲まれた島は人っ子一人おらず、僕らの貸し切り状態だった。

「透き通る海――！」

「死が溶けた磯(いそ)の香り……」

「優雅に泳ぐ熱帯魚！」

「打ち上げられた漂流者……」

「降り注ぐ日差し!!」

「沈む旅客船……」

「あああああもううるさいわねダーリン!!　なんでそんなネガティブなことばかり言うの!!」

砂浜で体育座りし水平線を見ていると月並に水をかけられる。

なんでもなにもないだろう。

学長が渡してくれたチケットは超豪華客船の貸し切りチケットだった。夏休みに入った僕、月並、響一(きょういち)、東雲(しののめ)さん、苹果(じょぶず)、夜桜(よざくら)さん、ウサギはご厚意にあずかりバカンスへと向かうはずだった。アメリカ、ペルー、ボリビア、パラグアイ、アルゼンチン、ブラジル、チリ、イースター島、オーストラリア、スペイン、ヨルダン、エジプト、中国、香港の世界一周を計画し、今頃は観光を楽しんでいるはずだった。

というのに、なぜか僕らは無人島にいる。

食料はない。道具もない。住居もない。マウントもない。

こんな何もない島で、僕らはただ死んでいくだけなのだろうか。

項垂(うなだ)れる以外にできることはなかった。

「はー……」

「あまり気を落とさないでよダーリン。何事も楽しまなきゃ」

「お前の底なしのポジティブにはウンザリしてたけど、今は本当に心強いよ……」

学長に渡された鷺ノ宮(さぎのみや)の運営する豪華客船――マウントタイタン号が南アメリカ近くのドレーク海峡で見栄を張って暴風海域に突入し、氷山にぶち当たって沈没して数時間。僕は未だにこの状況を受け入れたくないというのに彼女は落ち込むどころかむしろ楽しんでいるように見える。他の仲間たちも冷静に現地調査へ向かったし、どう生きてきたらこんなにたくましく育つのだろう。

「あら、好きになっちゃった？　そうよね。危機的状況だと子孫を残すための本能が強まるっていうし、ダーリンが私の水着姿に惚(ほ)れちゃうのも仕方ないわよね。ほら、可愛(かわい)い彼女の水着の感想はどう？」

「紐が切れそうで可哀想」

「もう素直じゃないんだからあ‼」

ぶっ叩かれて砂浜に倒れると、視線の先に人影が見えた。

響一と東雲さんがフルーツを持ってきていたのだ。

「おお！　食料は一応あるんだね」

「今は無人だが昔は人が住んでいたようだった。小屋は潰れてしまっていたが道具は少量あったし、水の確保もなんとかできそうだな」

「ほんとに最初はどうなるかと思いましたけど……なんとか少しだけは生きられそうですね……」

「今どきガチの無人島なんてそうないだろうしね。ここもどこかの国の領土だろうし、いつか船も通るでしょ」

意外とみんな楽観的で、この状況を楽しんでいるようだ。

「みなさまー‼」

「「──────」」

心強い仲間たちに安心していると、今度は森の方から夜桜さんが姿を見せた。彼女もあらかじめ着ていた水着姿で、ここだけ見ると本当にただのバカンスだ。

「奥に生活ができそうな洞窟がございました！　ひとまずはそのあたりを拠点としましょう！」

彼女たちはキャンプでもしに来たのだろうか。本当に優秀な人が集まりすぎている。

夜桜さんに案内され洞窟まで歩くと、そこでは火をおこし海水を飲料水に変える苹果とウサギがいた。

「火だ！　ライターなんて落ちてたの？」

「残念ながら、そこまで資源は潤沢ではない様子だった。だが、苹果様が潰れた小屋に落ちてた乾電池で火をおこせると仰ってな」

「アグリー。漂流していたアルミ箔を使用しました。電池に残量が残っており非常に助かりました」

凄い。マウントを除けば優秀な人間しかいない。

突如始まった無人島生活、本当に助かるかもしれないぞ。

「この洞窟も結構奥まで続いているんだね」

「全員が入る空間はありそうなものですが、まだ中までは入っておりません。野生の蝙蝠などが多くすみ着いており寄生虫や病原菌に感染しないかが不安ですわね」

「苹果、火、貰っていい？」

「アグリー。はたして何に使用するのですか？」

「中を見てみようかと思って」

「一人じゃ危ないわよ。私も行くわ」

僕は苹果に即席の松明を作ってもらい、月並と共に奥へと進んだ。

「……気味が悪いわね……」

月並が僕の服の袖をぎゅっと掴み抱きついてくる。今回ばかりは本当に不安だったようなので、僕は咎めずに進んだ。

「意外とそんなに深くないのかな?」

「そうね。そもそも生き延びられるスペースが確保できればいいし、あんまり奥深くまで探検する必要は——あっ!!」

震える月並の指さす先を見る。

そこにはいつ息絶えたのかも分からない、白骨化した人の残骸があった。

「これ、本格的にヤバくない……?」

僕らの、最悪の夏休みが始まろうとしていた。

あとがき

『第3問．傍線部のマウント成分を答えよ』
①えーお子さん塾に通わせた方が絶対いいわよ！（笑）
②ウチの子は1歳から通わせて2歳で掛け算できるようになったわよ（笑）
③ほら子供には将来いい人生送ってほしいでしょ？　旦那も医者だから圧が強いし（笑）
④それより軽自動車は小回りがよくていいわね。私なんてベンツだから車体が大きくって（笑）

［正解—アドバイス型プラス属性　②自己中心型　③精神的ブランド型　④物質的ブランド型］
3巻です。ここまで購入していただいた読者の皆様には、もはや前述の問題解説は必要ないでしょう。マウントを愛す全ての方々に敬意を表し、あえて解説など致しません。
注目すべきはこれが3巻であることです。これは凄いことですよ。1巻で打ち切りの作品も多いこのご時世でここまで続けさせて頂き、更にはコミカライズの打診まで行っていただき、読者様関係者各位には誠に感謝の言葉しかありません。ほんと、それ以外はなーんもありません（笑）。
嘘です。舞い上がる私の照れ隠しは程々に、またお話の内容に移ります。今回は翼に焦点を当ててありましたね。可愛かったです。可愛い以外の言葉がありませんよね。見た目だけでなく、存在そのものが可愛い。性的な意味ではなく、視界にいてくれるだけで幸せになれるフレグランスみたいな人。いいですよね。正直、主張が少ない子なので掴みどころもなく、夜桜たちの登場で余計に影が薄まる様子でしたが奥底に眠る実力を見せてくれました。何より表紙が最高ですよね。巻を重ねるごとに好きピが増えるのは私だけでしょうか。こんなことを言ったら由々式に叱られるかもですが……。次回は誰になるんですかね。ドキドキです。というか、次回はあるんですかね。マウンティングバトルの連続で真面目な内容が1巻から続いてましたし、たまにはコメディ回の、日常シーンも見てみたいものです。続けさせて頂けるのであれば次回は水着回かもしれません。アニメ化するほど続いてほしいものです。

前回は短かったので、此度は丁寧な謝辞を。

担当のOさん。お忙しい中、いつもご迷惑をおかけしてます。今後もおかけします。

イラストレーターのさばみぞれ先生。翼ちゃんってこんなに可愛かったんですね。お忙しいなか本当にありがとうございます。

編集部各位。本当にお世話になってます。もう暫くはお世話になります。

印刷所デザイナー出版に関わる関係者各位。いつも無理なお願いに対応していただきありがとうございます。今後もよろしくお願いします。

読者様。好きです。

それではまた次回があれば次回、お会いできるのを楽しみにしています。

令和4年　4月6日　吉野　憂

ウザすぎる〝アイツ〟が、
漫画でも大活躍!?

GAGAGA

ガガガ文庫

最強にウザい彼女の、明日から使えるマウント教室(レッスン)3

吉野 憂

発行　2023年5月23日　初版第1刷発行

発行人　鳥光 裕

編集人　星野博規

編集　大米 稔

発行所　株式会社小学館
〒101-8001 東京都千代田区一ツ橋2-3-1
[編集]03-3230-9343　[販売]03-5281-3556

カバー印刷　株式会社美松堂

印刷・製本　図書印刷株式会社

Printed in Japan　ISBN978-4-09-453124-4